rororo

Nach ihrem ersten Roman »In ihrer Hand« (rororo 24128) entführt Kathleen Lawless ihre Leser mit den Eskapaden der temperamentvollen Aurora in die geheimnisvoll schillernde Welt des Theaters kurz vor der Wende zum zwanzigsten Jahrhundert.

Kathleen Lawless

Hüllenlos

Erotischer Roman

Deutsch von Beate Maske

Rowohlt Taschenbuch Verlag

Deutsche Erstausgabe
Veröffentlicht im Rowohlt Taschenbuch Verlag,
Reinbek bei Hamburg, Dezember 2006

Die Originalausgabe erschien 2004 unter dem Titel
«Unmasked» bei Simon & Schuster, New York

Umschlaggestaltung any.way, Andreas Pufal
(Foto: Lee White/CORBIS)
Satz aus der Minion PostScript, InDesign
bei Pinkuin Satz und Datentechnik, Berlin
Druck und Bindung Druckerei C. H. Beck, Nördlingen
Printed in Germany
ISBN 13: 978 3 499 24398 1
ISBN 10: 3 499 24398 9

Gewidmet meinen Eltern Robert und Diane, einem inspirierenden Beispiel für Liebe in jedem Alter

Und in Erinnerung an meinen Großvater, Jack Lawless, der meinen leicht zu beeindruckenden zwölfjährigen Geist als Erster auf den Gedanken brachte, dass ich ein Buch schreiben sollte. Er hatte recht!

Eins

1899

Das Grayson'sche Anwesen, Missus.»

«Das ist ja riesig!» Aurora Tremblay stützte ihre Ellbogen auf den Rand des schwankenden Heißluftballonkorbs und beugte sich nach vorn, um besser sehen zu können. Das Gut war weitaus beeindruckender, als sie erwartet hatte. Ein ausgedehntes, von Nebengebäuden flankiertes Herrenhaus lag inmitten eines mehrere Hektar großen Gartens im französischen Stil. Es gab kleine Wäldchen, Reitwege, ein Labyrinth und einen Teich. «Können Sie auf dem Rasen da drüben landen?»

«Ich kann es versuchen.»

Als der Korb auf den englischen Rasenflächen vor dem Herrenhaus gelandet war, lüpfte Aurora ihren Rock mit einer Hand, balancierte ihr Champagnerglas in der anderen und kletterte über den Rand.

Als beide Füße festen Boden erreicht hatten, rückte sie ihren Hut und ihre Jacke zurecht und strich ihren Rock glatt, als wäre so ein Auftritt etwas Alltägliches für sie. Da sie es geschickt vermieden hatte, auch nur einen Tropfen Champagner zu verschütten, warf sie ihren Kopf zurück und leerte den Inhalt ihres Glases. Sie konnte eine kleine Extrastärkung gebrauchen, bevor sie den berüchtigten Grayson Thorne zur Rede stellte, den Herrn und Gebieter über das Anwesen, in das sie gerade unberechtigterweise eingedrungen war.

Der Applaus traf sie im ersten Augenblick unvorbereitet, doch sogleich wandte sie sich ihrem Verehrer zu und vollführte eine übertrieben theatralische Verbeugung.

«Gut gemacht.» Der Sprecher war groß, breitschultrig und dunkelhaarig. Er wirkte amüsiert, als er auf sie zuschlenderte, eine lässige Leichtigkeit in jedem seiner Schritte. Thorne? Oder einer seiner Männer?

Wenn er beabsichtigte, sie einzuschüchtern, so müsste er mehr tun, als nur seine Augen abschätzend über ihre Formen gleiten zu lassen. Nur schafften diese dunklen, rätselhaften Augen es irgendwie, auf eine verstörende Weise unter der Oberfläche zu forschen und ihr Selbstbewusstsein zu erschüttern. Warum sollte sie sich sonst plötzlich so verletzlich fühlen, als stünde sie ihm in Unterwäsche oder weniger gegenüber? Als könnte er durch ihre sorgfältig einstudierte Fassade hindurchblicken, direkt auf die köstlichen, geheimen Sehnsüchte, die unablässig in ihrer Seele brannten.

Lächerlich.

Unmöglich.

Nicht einmal der Mann, mit dem sie verheiratet gewesen war, hatte die geringste Ahnung von ihrem ruhelosen Verlangen gehabt, von ihren innersten Phantasien und Wünschen.

«In der Tat», sagte sie munter, «es war kein schlechter Flug. Ich frage mich schon, worauf ich mich als Nächstes stürze.»

«Sie pflegen solche Dinge häufiger zu tun?»

«Zumindest versuche ich es.» Lachte er über sie? Diese festen Lippen bogen sich auf eine Art nach oben, die gezwungen wirkte. Vielleicht war der Mann einfach nicht daran gewöhnt, öfter zu lachen. Sicherlich war auf diesem gut aussehenden, markant-männlichen Gesicht ein finsterer Gesichtsausdruck mehr zu Hause.

Sie durchwühlte ihr Ridikül und zog eine tadellose neue Visitenkarte hervor, die sie ihm überreichte.

«Mrs H. R. Tremblay», las er laut vor. «Große Abenteurerin.» Diesmal gab es keinen Zweifel, dass er sich mit seinem Tonfall und seinen Augen über sie lustig machte. «Und was macht eine große Abenteurerin so?»

«Alles Mögliche.» Verflixt, ihre Stimme klang viel zu kehlig, ihre Worte kamen rau und atemlos heraus. Eine Tatsache, die der Aufmerksamkeit des Mannes vor ihr nicht entging. Er reagierte nur minimal – mit einer kaum wahrnehmbaren Erweiterung seiner Pupillen, einer leichten Beschleunigung seines Atems – als er das nicht greifbare Etwas zur Kenntnis nahm, das sich zwischen ihnen entspann. Beinahe, als ob unsichtbare Seidenfesseln sich langsam und sicher um sie beide schlangen.

Verrückte Einbildungen!

Aurora räusperte sich. «Wären Sie bitte so freundlich, mich zu Grayson Thorne zu bringen? Wir haben ein wichtiges Thema miteinander zu erörtern.»

Sein Blick tastete sie noch einmal auf diese beunruhigende Weise ab. Energie. Kraft. Magnetismus. Er musste Thorne sein, denn er strahlte eine faszinierende Kombination von Stärke und purem Sex aus, die Aurora nicht nur sehen und riechen und fühlen, sondern fast schmecken konnte. Sie befeuchtete ihre Lippen mit der Zunge und war sich dabei bewusst, wie er jede noch so kleine Bewegung von ihr beobachtete und mit einer entsprechenden eigenen Bewegung parierte.

Sie hatte das Gefühl, dass er auf irgendetwas wartete, den richtigen Augenblick abpassen wollte ... Um was zu tun – sie in seine Arme zu schließen? Sie auf sein Lager zu tragen? Also, das wäre wirklich ein Abenteuer. Die Leute sprachen von dem mächtigen Grayson Thorne mit einer gewissen Ehrfurcht und Respekt. Langsam begann sie zu verstehen, warum.

«Ihr Gefährt scheint ohne Sie entschwunden zu sein.»

Aurora wirbelte herum und sah entsetzt, wie der Ballon in den Himmel aufstieg. «Er sagte mir, dass er warten würde.»

«Der Wind, so scheint es, war da anderer Meinung.»

Wie war Thorne ihr so nahe gekommen? Eben war er noch in sicherer Entfernung, jetzt stand er unmittelbar vor ihr, quasi überlebensgroß. Sie spürte rohe, ungezügelte Kraft, kaum verhohlen und in Schach gehalten durch die Regeln der Höflichkeit.

Wenn er ein Krieger war, welche Schlachten schlug er? Innerliche? Äußerliche? Welche Geheimnisse versteckte er hinter diesen rätselhaften dunklen Augen? Welche Bilder suchten seinen Schlaf heim und drangen ein in seine Träume?

Seine Gegenwart war so kraftvoll, dass sie zusammenfuhr, als er sie berührte. Er nahm ihren Arm auf eine eigene Art, als ob er sie als seinen Besitz betrachtete, und manövrierte sie dann in Richtung des Herrenhauses. «Es scheint, als ob ein Abenteuer das nächste bedingt und Sie sich hier als mein unerwarteter Gast wiederfinden.»

«Haben Sie oft Gäste?» Sie wollte diesen Mann nicht gegen sich aufbringen, sondern ihm bei der ersten Gelegenheit ihr geschäftliches Anliegen darlegen und sich dann wieder aufmachen.

«Leider nein. Mit Ausnahme der kommenden paar Tage natürlich.»

«Oh?» Aurora erlaubte seiner Hand, weiter auf ihrem Arm zu bleiben, während sie ihre Aufmerksamkeit dem Herrenhaus zuwandte, das aus der Luft betrachtet enorm groß gewirkt hatte. Aus der Nähe war es ebenso beeindruckend, es dehnte sich in verschiedene Richtungen aus.

«Allerdings.» Sie erreichten die Vordertreppe just in dem Augenblick, als eine Kutsche die Weggabelung erreichte und die Auffahrt entlang auf sie zufuhr. Als Aurora sich zurückziehen wollte, wurde sein Griff fordernder, ein leichter Druck, den sie in ihrem ganzen Körper spürte.

«Das mindeste, was Sie tun können, ist mitzukommen und meine Gäste zu begrüßen. Und das allermindeste, was ich tun kann, ist, Ihr Glas wieder zu füllen.» Er nahm ihr das leere Sektglas aus der Hand und gab knappe Anweisungen an die Schar Hausangestellten, die unterhalb der Wagenauffahrt warteten, um die Kutsche in Empfang zu nehmen.

Aurora beobachtete mit großen Augen, wie Truhe um Truhe mit rascher Bedachtsamkeit aus dem Inneren der Kutsche ausgeladen wurde.

Der Fahrer sagte: «Die Clubmitglieder folgen, Sir. Mit den Damen.»

«Sehr gut.» Grayson wandte sich an seinen Diener. «Hudson, ich vertraue Ihnen an, dafür zu sorgen, dass alle bequem untergebracht werden.»

«Selbstverständlich, Sir.»

«Ich bin zu ungelegener Stunde gekommen», sagte Aurora, während Grayson sie hineinführte. In eine beeindruckende, marmorweiß getünchte Empfangshalle mit einer geschwungenen Treppe aus der Zeit vor dem Bürgerkrieg und durch einen Flur bis in einen Raum, der offensichtlich sein Arbeitszimmer war. Dunkle Holzvertäfelung, ein riesiger Schreibtisch aus Holz, ungemütliche Möbel mit Rosshaarpolstern. Eine wahre Männerdomäne, so dunkel und abschreckend wie der Mann selbst. Der Stuhl gegenüber des Schreibtisches erwies sich als genauso unbequem, wie er aussah. Offensichtlich sollte er die Menschen davon abhalten, sich in Gegenwart seiner Lordschaft unnötig lange aufzuhalten.

«Äußerst ungelegen», stimmte er zu. Er öffnete eine gekühlte Champagnerflasche in einer Weise, die darauf hindeutete, dass dies ein häufiges Ritual war, und füllte ihr Glas mit theatralischer Geste. Nachdem er es ihr gebracht hatte, schenkte er sich selbst einen Whiskey ein und machte es sich hinter seinem Schreibtisch bequem.

Aurora nahm einen Schluck. Das Geschäft, erinnerte sie sich selbst. Ignoriere die beunruhigende Wirkung, die er auf dich hat. Das ist offensichtlich gut einstudiert und hat üblicherweise den erwünschten Effekt.

Ihre Gedanken schweiften ab, sie dachte daran, was wohl dabei herauskäme, wenn sie beide plötzlich in gemeinsamen Zielen vereint wären. Oder gemeinsamer Ekstase. Auf einmal war Aurora viel zu warm, aber sie widerstand dem Bedürfnis, aus ihrer Jacke zu schlüpfen – eine Bewegung, die Thorne zweifellos als Schwäche interpretieren würde. Er würde denken, dass er ihre Haltung ins Wanken brachte. Vielleicht sollte sie ihm diesen falschen Eindruck gestatten, ihn denken lassen, dass er die Oberhand hatte. «Ich wollte nicht in Ihre Party hineinplatzen.»

«Nun, zumindest hatten Sie die Absicht, meine Privatsphäre zu verletzen. Jetzt, wo Sie hier sind, fürchte ich, sind Sie unverhofft abhängig von meinem freundlichen Wesen.»

Aurora neigte ihren Kopf und betrachtete ihn unter gesenkten Wimpern hervor. Sie war unfähig, der Versuchung zu widerstehen, ihn genauso zum Besten zu halten, wie er sie geneckt hatte. «Haben Sie das denn überhaupt? Ein freundliches Wesen, meine ich?»

«Jetzt übertreiben Sie mal nicht, Mrs. Tremblay. Sie haben mich dazu verlockt, Sie in mein Haus zu bitten und Ihnen einen äußerst kostbaren französischen Champagner anzubieten. Ich vernachlässige meine Gäste für Sie, so fasziniert bin ich von Ihrer charmanten Gegenwart.»

Eine andere Frau hätte sich jetzt vielleicht auf ihre weiblichen Reize verlassen und hätte mit ihm geflirtet, um etwas bei ihm zu erreichen. Aber Aurora war keine andere Frau. «Bitte tun Sie das nicht.»

Nach dieser harschen Reaktion sah er erstaunt auf.

Sie beugte sich nach vorne. «Bitte versuchen Sie nicht, mit mir zu flirten, als ob ich ein Gast wäre, dem Sie das Gefühl geben müssten, willkommen zu sein. Hören Sie mich einfach bis zum Ende an, und schicken Sie mich dann schnellstmöglich in die Stadt zurück.»

Er stand auf und füllte ihr Glas erneut, obwohl sie dessen Inhalt kaum angerührt hatte. Seine Hand lag auf ihrer, um den Stiel zu stützen. Sie fühlte, wie Hitze von seinen Fingerspitzen ausstrahlte und auf ihrer Haut ein Feuer entfachte. Ein

Lauffeuer, das sich wellenartig durch ihr Blut ausbreitete und sich in ihren verborgensten weiblichen Winkeln sammelte.

«Und wie genau soll ich das Ihrer Meinung nach tun? Ihre eher unorthodoxe Art der Anreise hat Sie doch hier mehr oder weniger stranden lassen.»

Mit Bestimmtheit nahm sie seine Hand von ihrer und stand ebenfalls auf. Viel besser, mit ihm auf Augenhöhe zu sein, als ihn bedrohlich über sich aufgebaut zu wissen. «Spielen Sie nicht mit mir, Mr. Thorne. Stecken Sie mich einfach in eine Kutsche, und ich werde Ihnen nicht mehr im Weg sein.»

«Und was, wenn ich Sie gar nicht aus dem Weg haben möchte?»

«Sie haben ein Haus voller Gäste, um die Sie sich kümmern müssen.»

«Fremde, zum größten Teil. Haben Sie je vom *Rose and Thorn*-Club gehört?»

«Selbstverständlich.» Jeder der, so wie sie, in der Welt des Theaters groß geworden war, wusste um diesen Herrenclub mit seiner Exklusivität und geheimnisumwitterten Aura. Ein Mitglied dieses Clubs war in der Lage, jeder Schauspielerin zu Bühnenerfolg zu verhelfen. Thornes Vater war eines der Gründungsmitglieder gewesen.

«Selbstverständlich», echote Grayson mit leichtem Spott in der Stimme. «Sagen Sie mir, weiß Mr Tremblay eigentlich, was für ein Abenteuer Sie da in Angriff genommen haben?»

«Ich bin Witwe», sagte Aurora.

«Das hatte ich schon vermutet», sagte Grayson. «Danach sehen Sie aus.»

«Wonach?»

«Nach einer Frau, die zu lange ohne Mann war.»

«Lächer–»

Grayson nahm den Champagnerkelch aus ihren Fingern und setzte ihn in der Nähe ab. Er zog ihr den Hut vom Kopf und legte ihn beiseite, dann wühlte er mit seinen Händen in ihrem Haar, sodass es locker herunterfiel. «Ich mag Sie zerzaust.»

«Mr Thorne.»

«Mrs Tremblay.»

Er beabsichtigte, sie zu küssen! Aurora konnte den Schock der Erregung, der mit diesem Wissen kam, nicht unterdrücken. Sie fühlte sich gleichzeitig heiß und flüssig. Schmelzend. Bereit.

Sie schwankte auf ihn zu, genötigt von etwas, das zu mächtig war, um es in Frage zu stellen. Sie wusste nur, dass sie seinen Kuss so nötig brauchte, wie sie atmen musste. Und dass er das Gleiche fühlte.

Sein Kuss war genauso bestimmend, wie er es war. Sicher. Stark. Wissend. Er hatte eine berauschende Wirkung, die durch ihr Blut tanzte und sie zu verzehren drohte.

Aurora packte seine Schultern als Stütze, während Wellen der Lust sie durchströmten. Er hatte recht. Sie *war* zu lange ohne einen Mann gewesen. Und schon immer ohne einen wie ihn.

Er zog sich zuerst zurück und setzte sich wieder, scheinbar hatte er sich viel mehr in seiner Gewalt als sie. «Ich gehe davon aus, dass Sie dieselbe Mrs Tremblay sind, die meinen Sekretär in den letzten Wochen wegen eines Treffens mit mir belästigt hat.»

Aurora nickte, noch immer schwindelig von seiner Umarmung. Ihre Lippen schmerzten und verlangten dennoch nach mehr. Ihr ganzer Körper pochte und pulsierte. Wie konnte sie sich gleichzeitig erfüllt und verlassen fühlen? Alles von einem einzigen Kuss? «Ich bin in der Tat eben jene Mrs Tremblay.»

«Offensichtlich halten Sie nichts davon, ein Nein als Antwort zu akzeptieren.»

«Nicht, wenn es um etwas geht, das ich so unbedingt will.»

Seine kaffeefarbenen Augen sagten ihr, dass er sie mit gleicher Leidenschaft begehrte. Das Wissen darum entflammte sie.

«Ich selbst bin ziemlich genau so. Das könnte sich als schwierig erweisen.»

Aurora wusste, dass sie von zwei Dingen gleichzeitig sprachen, ihres versus sein Begehren. «Ich kann ganz gut damit umgehen.»

«So scheint es. Doch ich fürchte, dass Sie sich in diesem Fall mehr vorgenommen haben, als Sie ahnen.»

«Wirklich, Mr Thorne. Als Sie sich weigerten, sich wegen des *Gaslight Theater* mit mir zu treffen –»

Er erhob sich. «Ich habe nicht die Absicht, jetzt mit Ihnen darüber zu diskutieren. Kommen Sie. Ich möchte Sie auf Ihr Zimmer bringen.»

«Mein Zimmer? Sie erwarten doch sicher nicht von mir, dass ich bleibe?»

«Oh, ich glaube schon, dass Sie bleiben werden. In Anbetracht der Tatsache, dass es etwas gibt, was wir beide wollen. Sehr sogar.»

«Aber – ich habe keine Sachen. Keine Kleider oder Toilettenartikel.»

«Seien Sie beruhigt, ich bin mehr als in der Lage, ihre Bedürfnisse zu befriedigen.»

Das Versprechen in seinen Worten und in seinen Augen war unmissverständlich. *Alle* ihre Bedürfnisse.

Aurora verspürte einen starken Drang davonzulaufen, bevor sie sich hier zu tief verstrickte. «Sicher kann mich jemand zurück in die Stadt mitnehmen.»

«Ich fürchte, ich habe nicht das Personal, das nötig wäre, um Sie zurück nach San Francisco zu bringen.»

«Aber Ihre Gäste …»

«Werden ebenso angetan davon sein, Sie kennenzulernen, wie ich es war. Da bin ich ziemlich sicher.» Während sie sprachen, führte er sie nach oben bis ans Ende des Flures, wo er die Tür zu einer luxuriösen Suite öffnete. «Im Schrank befinden sich jede Menge Kleider. Sie sollten etwas Passendes finden.»

Sie trat an ihm vorbei in etwas, was höchst offensichtlich kein Gästezimmer war. Es roch nach Weiblichkeit in Tönen von Pink und Lavendel. Eine Vielzahl von Volants und Rüschen war um ein Himmelbett drapiert, das in Kissen ertrank. Passender Stoff rahmte die Fenster ein. Das Reich einer abwesenden Gattin?

«Wessen Zimmer ist das?» Aurora ging langsam vorwärts, halb in der Erwartung, dass ihre Umgebung sich in einer Wolke von Lug und Trug auflösen würde.

Vielleicht forderten diese Jahre in der Phantasiewelt, auf der Bühne und jenseits davon, jetzt doch noch ihren Tribut. Vielleicht war sie nicht in der Lage, ihre Phantasie und die Realität zu trennen, obwohl sie nicht länger auf der Bühne spielen musste, um sich ihren Lebensunterhalt zu verdienen. Nach der Heirat mit Hubert hätte es als unschicklich gegolten, ihre Karriere weiter zu verfolgen, hatte er gesagt. War das die Zeit, in der ihr erwachsenes Verlangen und ihre Phantasien geboren wurden? Mit viel freier Zeit und wenig, um sich zu amüsieren, außer ihrer Vorstellungskraft?

Am anderen Ende des Zimmers, in der Nähe vom Kamin, lockten gerahmte Fotografien sie zu einem Beistelltisch. Während sie ein Bild hochnahm und es im schwindenden Nachmittagslicht betrachtete, stand Thorne steif da, die Beine gespreizt, die Arme hinter dem Rücken verschränkt.

«Das ist das Zimmer meiner Mutter. Sie ist eine ganze Weile nicht hier gewesen.»

Aurora fuhr herum, wandte sich ihrem Gastgeber zu und erkannte den Schatten. Der einsame kleine Junge, der die Rückkehr seiner wunderschönen und berühmten Mutter erwartete. «Celeste Grayson ist Ihre Mutter.»

«Exzellente Kombinationsgabe, Mrs Tremblay.»

«Das *Gaslight Theater* ist der Ort, an dem sie ihren ersten großen Durchbruch hatte.»

Graysons Gesicht verschloss sich und war plötzlich bar jeden Ausdrucks. «Wie ich sehe, haben Sie gründlich über die Immobilie recherchiert.»

Auroras Augen ruhten weiter auf seinen. «Ich bin mir ebenso der Tatsache bewusst, dass die Leiche Ihres Vaters dort am Tatort entdeckt wurde.»

«Sehr gut, Mrs Tremblay. Wer weiß, was für interessante Schnipselchen Sie im Laufe der kommenden drei Tage noch entdecken werden?»

In der Tat, welche wohl?

Randall Ames schlenderte kurze Zeit später in Graysons Arbeitszimmer. «Wer ist denn der umwerfende Rotschopf, den ich dich nach oben begleiten sah?»

«Du meinst Mrs H. R. Tremblay, die große Abenteurerin?», sagte Gray spöttisch und schnippte seinem Sekretär die Visitenkarte zu.

Randall fing die Karte geschickt auf und runzelte die Stirn, als er sie las. «Große Abenteurerin? Wahrscheinlich mehr Gerede als wirkliche Taten. Warum kommt mir der Name bekannt vor?»

«Sie hat dir in den letzten Wochen wegen eines Treffens mit mir in den Ohren gelegen.»

«Ach ja, Aurora Tremblay. Die, über die du mir gesagt hast, ich solle sie loswerden.»

«Eine Aufgabe, an der du anscheinend kläglich gescheitert bist.»

«Sie ist offenbar eine von jenen, die kein Nein als Antwort akzeptieren, oder? Verzeih, aber ist Beharrlichkeit nicht einer der Charakterzüge, die du am meisten bewunderst?»

«Nur, wenn es mir passt», antwortete Gray.

«Dann schick sie ihrer Wege.»

«Nicht, bevor ich weiß, wer genau sie ist und was sie wirklich will.»

«Hat sie nicht Pläne mit dem Theater?»

«Vielleicht», sagte Gray, während er sich daran erinnerte, wie betörend es war, sie in den Armen zu halten, und an ihre Reaktion auf seinen impulsiven Kuss. Er hatte gedacht, dass er sie mit seinen Avancen abschrecken würde, doch das genaue Gegenteil war passiert – und er war nicht daran gewöhnt, dass er mit seiner Einschätzung von Menschen so danebenlag. Das allein genügte, um ihn neugierig zu machen.

«Die Zimmer sind bereits alle angewiesen. Wo willst du sie unterbringen?»

«Sie ist in Celestes Zimmer.»

Randall hob eine Augenbraue. «In deinem Flügel. Wie überaus praktisch.»

«So habe ich zumindest ein Auge auf sie. Ich kann keine weiteren unangenehmen Überraschungen gebrauchen.»

«Was hat eigentlich Beau jetzt vor?»

«Das Übliche. Er macht Versprechungen, die er nicht zu halten beabsichtigt.»

«In dieser Hinsicht ganz der Vater, nicht wahr?»

«Er scheint seine Mutter zu bevorzugen.»

Randall lachte laut auf. «Kürzlich hörte ich, Celeste wäre auch deine Mutter.»

Gray warf ihm einen scharfen Blick zu. «Ich wäre dir dankbar, wenn du mich daran nicht erinnern würdest.»

Nicht ganz die vielversprechende Audienz bei Grayson Thorne, um derentwillen sich Aurora sich auf den Weg gemacht hatte. Aber immerhin ein Anfang, dachte Aurora, als sie sich an eine ausführlichere Erkundung des Raumes machte. Sich vorzustellen, dass Celeste Grayson die Mutter von Thorne war. Die Frau, die nicht nur eine Legende in der Welt des Theaters war, sondern ebenso bekannt für ihre zahllosen Affären.

Aurora hatte einmal eine kleine Rolle neben dieser Frau gespielt. Celeste würde sich daran nicht mehr erinnern, aber für Aurora war es eine Erfahrung, die sie nie vergessen hatte. Dieses Zimmer zeigte eine andere Seite der Frau, an die Aurora sich erinnerte. Ihre Liebe zu Büchern, ihre Leidenschaft für die Kunst, zusammen mit vielen anderen leiblichen Genüssen. Gar nicht zu sprechen von den Kleidern, denn die Schranktür wurde beinahe aus den Angeln gehoben. Aurora zog ein einfaches Tageskleid in Frühlingsfarben heraus und hielt es vor sich. Es strömte schwach einen verführerischen Blumenduft aus. Also erwartete Grayson wirklich von ihr, dass sie sich im Zimmer seiner Mutter einrichten und sich bei den Kleidern seiner Mutter bedienen sollte? Ein beachtlicher Schachzug.

Aurora hatte nicht die Absicht, unterwürfig herumzusitzen und zu warten, bis sie gerufen würde. Sie schob die Vorhänge beiseite und nahm das umgebende Gelände in Augenschein. Sie erhaschte einen flüchtigen Blick auf den Teich in der Ferne, hinter dem französischen Rosengarten und der Laube, jenseits des Labyrinths.

Sie brauchte Grayson. Vielmehr, korrigierte sie sich selbst schnell, brauchte sie etwas, über das er verfügte – das *Gaslight Theater*. Und sie war ziemlich sicher, dass sie in der Lage wäre, ihn von der Vorteilhaftigkeit ihrer Pläne zu überzeugen. Er würde bald herausfinden, dass man sie nicht so leicht von ihren Zielen abbringen konnte.

Das Gutshaus war unerwartet ruhig, als sie sich auf den Weg nach unten machte. Vielleicht hatten sich Graysons Gäste verspätet, und die Bediensteten waren mit Vorbereitungen hinter den Kulissen beschäftigt. Als sie draußen war, konnte Aurora sich nicht entscheiden. Das Labyrinth … der Skulpturengarten … das Sommerhaus … der Teich … Jedes Einzelne lockte sie, versprach ein Abenteuer.

«Wenn Sie nach Gray suchen, er ist im Sommerhaus.» Ein hellhaariger Jüngling erhob sich aus den Tiefen eines Korbsessels im Schatten der Veranda.

«Und das Sommerhaus ist ...?»

«In dieser Richtung», sagte der junge Mann, zeigte dorthin und reichte ihr die Hand in einer einzigen trägen Bewegung. «Ich bin Grays Bruder, Beau.»

«Aurora Tremblay», sagte sie und nahm die dargebotene Hand. Der junge Mann war schlank, beinahe hübsch, und sie spürte Schwäche sowohl in seinem Händedruck als auch in seiner Persönlichkeit. Er erinnerte sie an ihren verstorbenen Ehemann. Vielleicht war der jüngere Bruder einfach verwöhnt. Woran auch immer es lag, auf Graysons Stärke konnte sie bei seinem Bruder keinen Hinweis finden.

«Dann sind Sie wohl eine der Schauspielerinnen?»

«Ich hab ein-, zweimal auf der Bühne gestanden.»

«Gray wollte die Party nicht ausrichten, wissen Sie. Julian hat ihn dazu gebracht. Weil Grays Vater an der Reihe gewesen wäre.»

«Ich verstehe.» Aurora zweifelte, dass man Grayson ohne weiteres zu irgendetwas bringen konnte, also musste er seine eigenen Pläne haben. Vielleicht etwas, das mit dem Tod seines Vaters und der frisch ererbten Mitgliedschaft im exklusiven *Rose and Thorn Club* zu tun hatte. «Dann gehe ich jetzt und werde sehen, ob ich eine Minute seiner Zeit stehlen kann.»

Graysons Gut erwies sich als ebenso bemerkenswert wie der Mann selbst. Der Pfad, dem sie folgte, war gesäumt von der üppigen Hecke einer breitblättrigen Pflanze. Die Hecke war übersät mit einer Fülle von farbenprächtigen Blüten, deren Aroma die Luft mit einem süß duftenden Parfum würzte. Jasmin rankte sich um den darüberliegenden Torbogen, schützte Aurora vor der Spätnachmittagssonne und fügte seinen eigenen exotischen Duft hinzu.

Aurora hielt inne und hob eine leuchtend orangefarbene Blüte vom Boden auf. Als sie sie hinters Ohr steckte, merkte sie, dass sie versäumt hatte, ihr Haar wieder in Ordnung zu bringen, nachdem Grayson mit seinen Händen hindurchgefahren war. Oder war es ihr heimlicher Wunsch, die Erinnerung an seine Berührung nicht zu löschen? Sie konnte nicht so tun, als hätte sie die Erregung, in seinen Armen zu sein, nicht genossen. Oder seinen Kuss. Selbst jetzt durchraste sie ein Schauer, von den Fingerspitzen bis zu den Fußsohlen.

Während sie sich umsah, fühlte sie sich plötzlich jünger und sorgenfreier als seit Jahren. So viel Verantwortung war über sie gekommen. Vor allem nach ihrer Heirat, als Huberts schwindende Gesundheit und sein schwacher Charakter sie dazu gezwungen hatten, in ihrer Beziehung den Part der Starken zu übernehmen.

Kein Wunder, dass sie sich zu Grayson Thorne hingezogen fühlte. Wie konnte sie einem Mann widerstehen, bei dem körperliche Stärke zwanglos mit charakterlicher Stärke gepaart war? Einem Mann, der es ebenso wenig zuließ wie sie, dass er gedrängt oder tyrannisiert wurde. Dessen Macht sich ausweiten könnte, ohne ihre einzuschränken, wenn sie ihre Karten korrekt spielen würde. Irgendwie musste sie ihn davon überzeugen, dass eine Partnerschaft in ihrem beiderseitigem Interesse lag.

Sie erreichte das charmante, offene Sommerhaus, enttäuscht, keine Spur von ihrem Gastgeber zu finden. Hoffte sie insgeheim, dass er sie hier, in einer lähmenden Stille, die nur vom Gezwitscher der Vögel durchbrochen wurde, wieder in seine Arme ziehen und küssen würde? Liebe unter freiem Himmel, der Reiz des Verbotenen – nur eines der vielen sexuellen Abenteuer, das hinter Graysons wissendem Blick verborgen schien. Aurora zitterte ob der delikaten Richtung ihrer Gedanken. Es war egal, dass ihre Phantasien sich niemals verwirklichen würden, sie streichelten ihre Seele und nährten ihren Abenteuergeist.

Aurora stieg die drei Stufen zu dem kühlen, süß riechenden Gebäude hinauf, einer idyllischen Mischung von drinnen und draußen. Mit hineinwuchernden Grün, zwanglosem

Korbmobiliar und einem halb offenen Holzdach, das mehr auf Schatten als auf Intimsphäre ausgerichtet war. Sie streckte sich auf einem Korbsofa aus und versank zentimetertief in einer übervoll gestopften Federmatratze. Träumerisch blickte sie hinauf an die Decke. Sie würde einfach einen Moment hier bleiben und schauen, ob Grayson auftauchte.

Sie erwachte in der Dämmerung, blinzelte sich wach, hungrig und vollkommen orientierungslos. Im Westen konnte sie die letzten verblassenden, pinkfarbenen Streifen des Sonnenuntergangs sehen, hinterleuchtet von einem schwachen goldenen Glanz.

Sie streckte sich und setzte sich auf. Wie merkwürdig. Sie erinnerte sich nicht daran, dass da eine Decke gewesen war, als sie sich vorhin hingelegt hatte. Aber nun war sie gemütlich warm unter einer geborgen. Sie berührte den Stoff und bemerkte, dass es überhaupt keine Decke war, sondern ein schwarzer Samtmantel. Und auf dem Kissen, neben der schwachen Vertiefung, die ihr Kopf hinterlassen hatte, lag eine passende Maske aus Samt.

Zwei

Aurora blickte sich um und fragte sich, ob sie im Gartenhaus wohl allein wäre. Die Ecken des Gebäudes lagen tief verschattet, dunkel genug, um die Gegenwart eines anderen geheim zu halten. Eine schwache Sommerbrise raschelte in den breiten Blättern der Büsche, die am Eingang des Hauses Wache hielten.

Weit entfernt hörte sie ein schwaches, melodiöses Klingeln, die sehnsuchtsvolle Melodie eines Glockenspiels, das sich in der Brise bewegte. Als die Töne mit der langsam ruhiger werdenden Luft verstummten, hörte Aurora nichts außer dem Auf und Ab ihres eigenen Atems. Ihr Herz hörte sich unter ihren Rippen dröhnend laut an, als sie ihre Beine über die Seite des Sofas schwang und die schwarze Samtmaske streichelte.

Würden alle Gäste so etwas tragen? Irgendwie hatte sie den Verdacht, dass sie es täten. Und keiner würde wissen, wer jemand anderes war. Welch faszinierender Gedanke: vollkommene Freiheit, zu sein, wer auch immer, was auch immer sie wollte. Eine Königin. Ein Pharao. Eine Kurtisane. Eine mächtige Frau, die in der Lage wäre, einen Mann in den Wahnsinn zu treiben. Sie streichelte das weiche Material, streifte mit ihren Fingernägeln über die Augenlöcher, wand die Bänder aus Satin um ihren Zeigefinger. Schließlich gab sie der Versuchung nach. Sie stand auf und richtete die Maske an ihren Gesichtszügen aus.

«Erlauben Sie mir.»

Aurora schnappte nach Luft, als starke, wissende Hände ihre eigenen ablösten und die Bänder hinter ihrem Kopf befestigten. Woher war er gekommen? Hatte ein Fremder sich im Schatten aufgehalten, ihren Schlaf beobachtet, ihre Träume beeinflusst? Denn sie war mit einem heftigen, pulsierenden Verlangen zwischen den Beinen erwacht. Ihre Haut kribbelte am ganzen Körper vor Überempfindlichkeit, die Nervenenden prickelten, da sie etwas Neuem und Aufregendem in der Luft ausgesetzt waren.

Wie dem Mann, der hinter ihr stand. Sein warmer Atem bewegte ihr Haar. Und Nadelstiche dieses Bewusstseins züngelten über ihre Kopfhaut, verstärkt durch die leichte Berührung seiner Finger. Er schob ihr Haar zur Seite und berührte ihren empfindlichen Nacken mit seinen Lippen. Aurora bebte.

«Grayson?»

Geräuschlos stellte er sich vor sie hin, ein dunkles Phantom in einer Maske mit passendem Umhang. «Keine Namen», flüsterte er, seine Stimme so gedämpft und ununterscheidbar wie die Abenddämmerung. «Sie brauchen den Umhang ebenfalls.»

Mit einer schwungvollen Geste legte er ihr das Kleidungsstück über die Schultern. Als er die Knebelknöpfe befestigte, streiften die Knöchel seines Handrückens in köstlicher Langsamkeit ihre Brüste. Pulsierende Hitze durchströmte sie, und sie biss sich in die Unterlippe, überflutet von der Welle der Gefühle. Wenn die zufällige Berührung seiner Hände sie so aufwühlen konnte, was würde wohl passieren, wenn er sie vorsätzlich, in wissentlicher Absicht berührte?

Sie bebte erneut und hielt sich zurück, um nicht nach ihm zu greifen. «Wozu die Verkleidung?», fragte sie, als sie endlich ihre Stimme wieder entdeckt hatte.

«Eine Club-Tradition.»

«Die Welt ist eine Bühne und wir die Schauspieler?»

«So scheinen die Dinge zu liegen. Kommen Sie, ich werde Sie sicher zurück zum Haus geleiten.»

Aurora schluckte ihre Enttäuschung hinunter. Er hatte offensichtlich nicht die Absicht, sie zu verführen. «Ich finde meinen Weg schon selbst, vielen Dank.»

«Davon würde ich abraten.»

Ihr Blick fand seinen. Es mussten Graysons Augen sein, so würde sie auf niemand anderes reagieren. «Und warum ist das so?»

«Das Gelände wirkt nachts vollkommen anders, man verliert leicht die Orientierung. Und eine Frau allein würde angesehen, als suche sie …»

«Als suche sie was?»

«Als suche sie Gesellschaft.»

«Das ist bei mir nicht der Fall.» *Ich brauche nur die Gesellschaft eines Einzigen.*

«Dann schlage ich vor, Sie gehen auf mein freundliches Angebot ein.»

«Ich bin nicht davon überzeugt, dass es auf purer Freundlichkeit beruht.»

Starke weiße Zähne blitzten in einem wölfischen Lächeln auf. Graysons Lächeln. «Dann eben auf Eigennützigkeit.»

«Das halte ich für ein viel glaubwürdigeres Motiv.»

«Schhhh.» Seine Finger auf ihren Lippen brachten sie zum Verstummen, während er sie in die verschwiegenen Schatten der tiefsten Ecke des Raumes zog. Sie war so darauf konzentriert, das Gefühl seiner Nähe auszukosten, dass sie das weiche Glucksen eines weiblichen Lachens kaum hörte. Das Geräusch wurde widergespiegelt von dem tiefen, kehligen Knurren einer männlichen Stimme, als das Paar die Treppe hinaufeilte. Einmal drinnen, hinterleuchtete schwaches Mondlicht zwei Körper, die zu einem verschmolzen, sich kurz trennten, um sich gleich wieder zu vereinigen.

Aurora spannte sich an, als die Brise ihr das unmissverständliche Stöhnen einer erregten Frau zuspielte, dann den scharf eingezogenen Atem eines Mannes, der drauf und dran war, sich zu paaren.

Sie konnte unmöglich dort bleiben.

Doch als sie versuchte, sich zu bewegen, fand sie sich selbst gefangen in den festen, männlichen Formen ihres Begleiters … und verlor jeglichen Wunsch, sich zu bewegen.

Sie spürte seine angespannten Muskeln, komprimierte Stärke, jeden schlanken und harten männlichen Zentimeter von ihm. War er womöglich nackt unter seinem verhüllenden Umhang?

Sie fühlte sich sofort drückend heiß unter ihrem eigenen Gewand. Ihre Haut kribbelte und perlte vor Feuchtigkeit an den allerintimsten Stellen. Dem oberen Ende ihrer Oberschenkel, den Kniekehlen, dem Tal zwischen ihren Brüsten. Sie bewegte sich, weil eine brennende Ruhelosigkeit sie durchschoss.

Und als ihr Begleiter sie noch fester in die Arme schloss, sie an sich und in sich hineinpresste, sang ihr Blut. Denn es fühlte sich so vollkommen richtig an, wie sie sich mit ihm zusammenfügte.

Wie gut sie zusammenpassten, dachte Aurora, als sie ihr Gesicht zu seinem erhob. Sie wusste schon, dass ihre Lippen genauso gut zusammenpassten wie ihre Körper. Während sie groß war für eine Frau, hatte ihr Begleiter die perfekte Höhe neben ihr. Groß genug, um sie zu beschützen, sollte die Notwendigkeit entstehen. Aber nicht so groß, dass er sie bedrohlich überragte, oder dass seine Größe sie sich unwohl fühlen ließ.

Seine starken Beine bewegten sich unter ihren, mehr als in der Lage, ihr Gewicht zu tragen, falls sie sich schwach fühlen würde. Sein warmer Atem fächelte über ihr Gesicht, und ihr Herzschlag beschleunigte sich. Sie konnte seine unergründlichen Augen durch die Löcher seiner Maske sehen, ebenso die faszinierende Form seiner Lippen, so nah an ihren eigenen. Zum Küssen nah.

Auf der anderen Seite des Raumes wurde das Sofa, auf dem sie sich erst vor so kurzer Zeit ausgeruht hatte, zum Ziel der beiden heimlichen Liebenden. Umhänge raschelten und erlaubten den gelegentlichen Blick auf entblößte Haut, alabasterweiße Glieder vor mitternachtsfarbenem Samt.

Stöhnen vermischte sich mit kehligem Gemurmel, als die Liebenden den Akt vollzogen. Mund an Mund, Brust an Brust, dann Mund an Brust. Aurora verbarg ihr Gesicht an der breiten, vertrauenerweckenden Brust ihres Gefährten. Seine Arme hüllten sie ein, versprachen, sie zu beschützen.

Wovor, fragte Aurora sich. Vor sich selbst?

Denn ihr Atem wurde schneller im Gleichklang mit dem des Paares beim Stelldichein, das vereint war im ursprünglichsten Tanz der Natur.

Ihr Phantommann atmete heftiger. Seine Hände fuhren durch ihr Haar, als ob sie unfähig wären, ruhig zu bleiben, und die orangefarbene Blüte fiel ihr zu Füßen. Sie fühlte, wie seine Muskeln sich anspannten, als er sie fester an sich presste, sie fühlte, wie sein Schwanz an ihr dicker und länger wurde. Sie keuchte beinahe laut auf, so heftig reagierte sie darauf. Aber seine Lippen fingen ihre, brachten sie zum Schweigen. Verzehrten sie.

Seine Hände wanderten von ihrem Haar abwärts, um die Länge ihrer Wirbelsäule zu erkunden und ihre weiblichen Rundungen zu finden und zu formen – so wie seine Lippen die Geheimnisse ihres Mundes kennenlernten. Ihre Brüste kribbelten, ihre Brustwarzen richteten sich auf, dann schmollten sie aus Vernachlässigung, da er versäumte, ihnen die so sehr benötigte Aufmerksamkeit zu schenken. Sie fühlte seine Hitze unter dem Umhang und schob das Gewand zur Seite, um sein Hemd zu öffnen und seine entblößte Brust so zu berühren, wie sie sich sehnte, berührt zu werden.

Das Geländer des Gebäudes war hinter ihr und fing ihr Gewicht auf, als er sich an sie lehnte, jeder Zentimeter von ihm geschmiegt an jeden Zentimeter von ihr. Ihrer beider Gefühle waren durch die Umhänge hindurch so mächtig, als trügen sie gar keine Kleider.

Das sich windende Paar auf der anderen Seite des Zimmers hörte auf zu existieren, als das Becken ihres Partners mit ihrem verschmolz, schaukelnd in dem intimsten aller Versprechen überhaupt. Als seine kundigen Finger durch die feine Seide ihrer Bluse hindurch an ihren Brustwarzen zupften, biss sie sich auf die Unterlippe, um ihren Lustschrei zu unterdrücken und ebenso den Schrei der Enttäuschung, geboren aus ihrem wachsenden Verlangen nach Erlösung.

Er schien jedes einzelne ihrer Bedürfnisse zu erspüren. Leise manövrierte er sie in eine Position, bei der sie auf dem Geländer balancierte und ihre Beine sich um seine Mitte spreizten, seine Taille umarmten. Sanft schob er ihren Rock beiseite.

Sie fühlte die kühle Nachtluft durch den zarten Batist ihrer Pantalettes flüstern. Sekunden später hatten seine wissenden Finger die feuchte Hitze ihrer Spalte gefunden. Geschickt neckte er ihren geheimen, brennenden weiblichen Teil.

Eine Woge weiblicher Lust ergoss sich aus ihr, befeuchtete ihre Unterwäsche zusammen mit seinen Fingern. Er gab ein tiefes, wohlwollendes Murmeln von sich, das nur sie hören konnte, als er das pulsierende Herzstück erreichte, das seine Berührung mehr begehrte als das Leben selbst. Als er fortfuhr, sie zu necken und zu quälen, bewegte Aurora sich rhythmisch gegen ihn. Ihre Unterlippe gefangen von ihren Zähnen, als die Gefühle sich immer intensiver aufbauten und die Erleichterung immer wieder auswich.

Vage wurde sie eines Wirbels von Bewegung in der Nähe gewahr. Schritte auf der Treppe signalisierten, dass sie jetzt allein waren. Sie hörte ein hektisches, verzweifeltes Keuchen und merkte, dass sie dessen Quelle war.

«Ich will –», Aurora hielt inne, weil sie keine Ahnung hatte, wonach sie sich eigentlich verzehrte.

«Was immer du willst.» Seine geknurrten Worte klangen, als wären sie ihm aus der Kehle gerissen worden.

«Ich will dich.» Die Kühnheit ihrer Worte hätte sie zu einer anderen Zeit oder du einem anderen Ort vielleicht schockiert, aber nicht jetzt. Sie hielten sie auch nicht davon ab, sich an ihm in einer weitaus intimeren Weise zu reiben, als sie es jemals im Laufe ihrer Ehe getan hatte.

Dieses wölfische, zufriedene, sehr männliche Grinsen erschien wieder. «Geduld, meine Liebe.»

Ohne ihre Sitzposition zu verändern, streifte er ihre Pantalettes hinunter, jedes Bein für sich. Dann kniete er vor ihr, ihre Beine lagen auf seinen Schultern, hielten sie im Gleichgewicht.

Feuchte, heiße, hungrige Küsse setzten Brandzeichen auf das Innere ihrer Oberschenkel und markierten sie als die seinen. Aurora schnappte keuchend nach Luft und griff das Geländer unter ihr noch etwas fester. Sein Kinn war mit einem Hauch von Bartstoppeln gewürzt und rieb sich anzüglich an der Weichheit ihrer weichsten Haut. Ein köstlich erregendes Gefühl baute sich langsam auf, als er mit seiner Zunge von der Oberkante ihrer Strümpfe bis zur dreieckigen Kreuzung ihrer Weiblichkeit fuhr.

«Du magst das, mmmmm?», murmelte er in sie hinein.

Aurora entließ einen langen, zustimmenden Seufzer voller aufgestauter Emotionen. Ihr Seufzer wurde zu einem Keuchen, als seine Lippen ihr intimstes, inneres Allerheiligstes berührten und die bereits feuchten Winkel mit neuem Begehren benetzten. Aurora rang wieder um Atem, als er ihrer Form mit seiner Zunge nachspürte, alle ihre Geheimnisse entdeckte.

«Dein Kitzler ist so hart – er bettelt um meinen Kuss.»

Als er seine Worte in die Tat umsetzte und an der Perle ihrer Weiblichkeit leckte, explodierte Auroras Welt in einen weißen, heißen Abgrund von Licht. Kaum hatte das eine Beben begonnen abzuklingen, als es sich schon zu einem weiteren steigerte, gefolgt von einem dritten. Seine Zunge besänftigte, beruhigte sie – offensichtlich gefiel ihr die Art, wie die Wellen der Nachbeben langsam zu einem sanften, inneren Pulsieren verebbten.

«Du schmeckst köstlich. Das unmissverständliche Aroma

einer gut und wahrhaft befriedigten Frau.» Seine Stimme war voller Genugtuung, als er sie festhielt und sich wieder auf die Füße erhob.

«Ich will dich immer noch.» Aurora erkannte den verführerischen, rauchigen Klang ihrer eigenen Stimme nicht wieder.

«In dir?»

«Du hattest recht», flüsterte Aurora an seinen Hals gelehnt. «Ich war zu lange ohne einen Mann.»

Er nahm ihre Lippen mit seinen gefangen, trank die Worte, während sie sprach, kostete sie aus und kam wieder, um mehr davon zu kriegen.

Sie fasste zwischen sich und ihn, um die heiße, angeschwollene Länge seines Schwanzes durch seine Hose zu spüren. Er war so groß. So hart. Nie hatte sie solches Begehren gekannt, solch heftiges Verlangen, solche sexuelle Gier.

Er befreite seinen Schwanz und brachte die Spitze seines Schaftes an ihre Eingangspforte, wo er ihre rotblonden Locken liebkoste. Sanft forschte er nach dem Einlass und glitt leicht in ihre schlüpfrige Geilheit, zog sich wieder zurück, um gleich darauf tiefer hineinzugleiten.

Aurora stöhnte laut auf bei dem königlichen Gefühl, als er in ihr war und sie erfüllte. Sie war so lange leer gewesen. Schon immer. Jetzt endlich verstand sie, wie es sich anfühlte, wirklich und gut mit jemandem in körperlicher Liebe vereint zu sein.

Sein Atem wurde schärfer, als er das Tempo seiner Bewegungen erhöhte. Aurora konnte den fahlen Glanz seines Schaftes sehen, als er ihn beinahe ganz herauszog und sich dann tief in sie grub. Mehr Hitze, mehr gleißendes Licht, mehr Feuchtigkeit leiteten einen neuen, intensiven Druck von irgendwo ganz tief innen ein.

Ihre inneren Muskeln krampften sich zusammen, entspannten sich und krampften sich wieder zusammen, neckten ihn ebenso quälend, wie er sie vorher geneckt hatte. Er stöhnte, als seine Bewegungen im Gleichtakt mit ihren schneller wurden. Der Druck baute sich zu einer unerträglichen Dichte auf, bis ihr Orgasmus zusammen mit seinem explodierte. Aurora schrie und bebte von den wogenden Nachwirkungen. Sie hatte keine Ahnung, wie lange er sie hielt. Sie wusste nur, dass es Folter sein würde loszulassen.

Das Auftauchen dieses Gedankens reichte aus, um sie zu sofortigem Handeln zu katapultieren. Hinein in ihre Kleider und begierig, sich auf den Weg zu machen. Nie hatte sie Probleme damit loszulassen. Eine Abenteurerin war stolz darauf, in der Lage zu sein, rasch und einfach von einem Abenteuer zum nächsten zu schreiten. Ohne die Bürde unnötiger Bindungen.

Sie sagte kein Wort, während sie durch die seidige Nacht den Weg zum Gutshaus zurücklegten. Ebenso wenig wie ihr Begleiter. Sie achtete darauf, ihn nicht zu berühren oder versehentlich mit ihm zusammenzustoßen, obwohl sie ihn gelegentlich verstohlen von der Seite ansah.

Ein Teil von ihr wollte wissen, ob ihr Phantomgeliebter wirklich Grayson war. Der andere Teil befahl ihr, es dabei zu belassen und das Zwischenspiel des heutigen Tages als ein reizendes, unerwartetes Geschenk zu betrachten.

An der Eingangstür wandte ihr maskierter Unbekannter sich ihr zu und drückte ihre Hand mit seinen beiden Händen. «Ich sage Ihnen jetzt Lebewohl. Und lobe den Umstand, dass Sie sich nicht genötigt sehen, ununterbrochen zu plappern, wie die meisten Frauen es tun.»

Auroras Blick traf seinen. «Falls es Ihrer Aufmerksamkeit entgangen ist, ich bin wohl kaum wie die meisten Frauen.»

Es war ein höchst würdiger Schlusssatz, vorgetragen mit genau der richtigen Menge von Feuer und Eis.

Drei

Aurora wachte früh auf und trat hinaus auf die Veranda, gerade als die ersten leuchtenden Farben der Morgendämmerung den Horizont verfärbten. Sie schöpfte Atem und lehnte sich an das Geländer, während sie die Pracht bestaunte, die sich vor ihr entfaltete. Die Energie, die von der Ankunft der Morgendämmerung ausging, war eine starke Kraft, die sie in jeder Faser ihres Seins spürte.

War die letzte Nacht im Sommerhaus Wirklichkeit gewesen, oder war sie nur Teil eines langen, wunderbaren Traums? Gesegnet mit einer lebhaften Einbildungskraft hatte Aurora einen großen Teil ihrer Jugend mit eingebildeten Gespielen an wunderbaren, eingebildeten Orten verbracht. Aber das befriedigend zarte Ziehen zwischen ihren Beinen sagte ihr, dass die letzte Nacht tatsächlich sehr real gewesen war. Genauso wie die schwachen roten Flecke von seinen Küssen, die sie beim Waschen auf der Innenseite ihrer Oberschenkel entdeckte.

Sie zog mit ihren Fingern die empfindliche Falte am Übergang zu den Oberschenkeln nach und erinnerte sich dabei an die Wärme von Graysons Lippen, Graysons Zunge. Die Erinnerung entfachte frisches Begehren. Gütiger Gott, sie wurde wollüstig wie eine Kurtisane, ein Zusammentreffen mit dem Mann machte ihr nur Appetit auf mehr. Das war also die allesverzehrende Leidenschaft, die sie immer als vollkommen übertriebenes Gerede abgetan hatte. Denn ihr Ehebett hatte außer Peinlichkeit und Versagen für sie und Hubert nichts geboten, bis sie aufhörten, es zu versuchen.

Trotzdem, falls Grayson Thorne gedacht hatte, er könne sie dadurch, dass er sie verführte, von ihren Zielen ablenken, so würde er schmerzlich enttäuscht werden.

Ihre Bewegungen stockten.

Falls Grayson Thorne der maskierte Liebhaber des gestrigen Abends war.

Wohl kaum das Gesprächsthema, das man leicht am nächsten Tag beim Frühstückstisch anschneiden konnte.

«Übrigens, eine wundervolle Vögelei letzte Nacht. Das waren doch *Sie* gestern Abend unten im Sommerhaus, oder?»

Nun, sie würde einfach so tun, als ob nichts geschehen wäre. Nach all den Jahren, in denen sie ihren Lebensunterhalt auf der Bühne verdient hatte, müsste diese Rolle ein Kinderspiel sein.

Und vielleicht wusste er nicht einmal, dass sie es gewesen war.

Aurora wusste, dass sie sich an Strohhalme klammerte – nicht nur hatte er beobachtet, wie sie schlief, ihr rotes Haar verriet sie doch immer wieder. Maske hin oder her, ihr Liebhaber wusste genau, mit wem er sich eingelassen hatte.

Aurora weigerte sich zuzugestehen, dass irgendjemand einen unfairen Vorteil ihr gegenüber hatte, also würde sie einfach sicherstellen, dass sie die Dinge zwischen ihr und Grayson ausglich. Das könnte ein schöner Spaß werden.

Das Haus war still, und sie machte sich leise daran, sich anzuziehen. Sie stellte erfreut fest, dass nicht alle Kleider von Celeste dem extrem theatralischen Stil einer Schauspielerin entsprachen. Sie wählte einen maßgeschneiderten Rock und eine durchscheinende Bluse in satten Zimttönen.

Die Erwartung machte sie ungeschickt, als sie ihr Haar hochsteckte. So dauerte es länger als üblich, bis sie ihre wilden Locken zu einem vernünftigen Knoten auf dem Kopf gebändigt hatte. Die Bibliothek war ihr Ziel, und zu dieser frühen Stunde war sie verlassen, wie sie gehofft hatte. Sie trat ein, zog die Tür hinter sich zu und sah sich im morgendlichen Dämmerlicht die Bestände an.

Regal um Regal lockte sie, vollgestopft mit Büchern vom

Boden bis zur Decke, ein ganzer Regenbogen aus Buchrücken. Aurora konnte sich nicht vorstellen, inmitten solcher Fülle zu leben, selbst der Geruch war berauschend. Altes Leder, Leim, schweres Papier …

Als sie jung war, waren Bücher ein seltenes und hoch geschätztes Gut gewesen. Das einzige Buch, das sie als Kind besessen hatte, war bei einem ihrer zahlreichen Umzüge verlorengegangen, sodass Aurora genötigt war, in einer Welt zu leben, die ihre eigene Erfindung war. Später, als sie Zugang zu mehr Büchern hatte, las Aurora so viel sie konnte, nutzte jede Chance, die sie bekam. Lesen goss Öl in das Feuer ihrer Einbildungskraft und machte ihr Appetit auf wirkliche Abenteuer.

Sie zündete das Feuerholz an, das bereits im Kamin aufgeschichtet war, und es verlieh dem Raum eine noch heimeligere Atmosphäre, als es prasselnd zu Leben erwachte. Nachdem Aurora ihre Entscheidung getroffen hatte – sie wollte *Black Beauty* lesen –, machte sie sich auf die Suche nach etwas Tee.

«Sie sind früh auf, meine Liebe», bemerkte die füllige und freundliche Frau in der Küche, die bis zu den Ellenbogen in Mehl und rohem Teig vergraben war.

«Ich hoffte, eine Tasse Tee erbitten zu können», sagte Aurora.

«Nichts leichter als das.» Die Frau streifte sich das Mehl von den pummeligen Armen und goss Aurora eine Tasse Tee aus der Emailkanne ein, die auf der Rückseite des Ofens stand. «Dürre Dinger, ihr Theaterleute. Ich mach Ihnen Toast, damit Sie bis zum Frühstück durchhalten.»

«Mir geht's gut, wirklich.»

Die Köchin, die sich als Mrs Blossom vorstellte, überging Auroras Einwände und toastete ihr ein paar dicke Scheiben selbstgebackenes Scone-Brot, die sie großzügig mit Butter und Marmelade bestrich. Dann scheuchte sie Aurora aus der Küche.

Sie war versunken in eine andere Welt als ihre eigene, angenehm satt von dem Tee und dem Toast, kuschelig warm und halb eingenickt vor dem Feuer. Deshalb dauerte es einige Augenblicke, bis Aurora klar wurde, dass das Geräusch, das in ihr Bewusstsein eindrang, das Öffnen der Bibliothekstür war. Sie war nicht länger allein.

Aurora spannte sich an bei dem Klang energisch männlicher Schritte auf der anderen Seite des Raumes. Sie spürte *seine* Gegenwart so sicher, als hätte er sie gestreift. Ihre Haut kribbelte in diesem Bewusstsein, errötete vor Hitze und Erregung. Wie war das bloß möglich, nur davon, im gleichen Raum mit ihm zu sein?

Sie hörte das Geräusch raschelnder Papiere. Vielleicht fände er ja, was er suchte und ginge weg, ohne jemals zu wissen, dass sie hier war. Doch sicher hatte er bemerkt, dass das Feuer brannte. Sich vor Beachtung zu drücken, war noch nie Auroras Art gewesen. Also legte sie ihr Buch nieder, erhob sich aus dem Schutz ihres massigen Ohrensessels und drehte sich um, um ihrem Gastgeber gegenüberzustehen.

«Guten Morgen, Grayson.»

Sie hatte gedacht, ihn unvorbereitet zu erwischen, aber er hatte nicht einmal einen Blick für sie.

«Aurora. Wie ich sehe, haben Sie mein Lieblingszimmer gefunden.» Er sah an ihr vorbei auf das leere Geschirr. «Und meinen Lieblingstee und -toast.»

«Mrs Blossom befand mich für zu dünn.»

«Mrs Blossom befindet jeden für zu dünn. Außer Mr Blossom, den sie ständig wegen seiner korpulenten Formen schilt, obwohl sie es ist, die ihn viel zu gut füttert.»

«Dieser Raum ist wirklich phantastisch.»

«Bücher waren die Leidenschaft meines Großvaters. Oder seine Ausrede, um sich zurückzuziehen, sehr zum Ärger meiner Großmutter. Ich vermute, das ist der Grund dafür, dass das Gelände so verschwenderisch angelegt ist: Sie brauchte ebenfalls ein Hobby.»

«Sie haben auf jeden Fall ein großartiges Erbe für künftige Generationen hinterlassen.»

«Vorausgesetzt, es gibt künftige Generationen.»

Trachteten nicht alle Männer nach einem Erben? Sie zeigte auf ein Porträt auf der hinteren Wand, eine ernste und ältere Ausgabe von Grayson. «Ist das Ihr Großvater?»

«Ja.»

«Der Vater Ihres Vaters?»

«Meiner Mutter. Jeremy Grayson.»

Also war das Gut über seine Mutter auf ihn gekommen.

Angespanntes Schweigen erzeugte Unbehagen in ihr, als sie einander ansahen.

«Ich habe mir heute Morgen den Sonnenaufgang angesehen», sagte Aurora hastig, um das Schweigen zu brechen.

«Natürlich haben Sie das getan», sagte Grayson. «Aurora ist die römische Form von Eos. Morgendliche Mutter der Sonne.»

Aurora blieb vor Überraschung die Luft weg. «Woher wussten Sie das?»

«Ich halte es für das Beste, so viel wie möglich über Menschen zu wissen, mit denen ich in Kontakt treten werde.»

«Sie wussten doch nicht mit Sicherheit, dass wir uns jemals treffen würden.»

«Manche Dinge sind unausweichlich.»

Ermutigt fuhr Aurora fort. «Und der gestrige Sonnenuntergang, vom Sommerhaus aus betrachtet. War er nicht ebenso großartig?» Würde er zugeben, mit ihr dort gewesen zu sein?

«Ich fürchte, ich war viel zu … beschäftigt gestern Abend, um den Sonnenuntergang zu genießen.»

«Welch ein Jammer», sagte Aurora. «Sie sollten versuchen, ihn heute Abend anzusehen.»

«Kommen Sie her. Erlauben Sie mir, Ihnen etwas zu zeigen, von dem ich glaube, dass Sie es interessant finden werden.»

Er führte sie zu einem Ecktisch, wo ein dickes Buch offen

dalag. Beinahe so, als warte es darauf, dass sie sich ihm zuwandten. Seine unberührten, leeren weißen Seiten wirkten fehl am Platze in diesem Raum, wo Literatur und Familiengeschichte absolut regierten.

«Da sind keine Buchstaben», sagte Aurora. «Worin besteht der Sinn eines leeren Buches?»

«Von Natur aus impulsiv, urteilen Sie zu schnell. Sehen Sie noch einmal hin.»

Aurora gehorchte und fühlte sich töricht. «Oh.» Sie streckte die Hand aus, um es zu berühren, dann drehte sie sich um, um ihn um Erlaubnis zu bitten. «Darf ich?»

Grayson stand direkt hinter ihr. Seine Hände auf den ihren, führten sie ihre zögernden Finger über die Seite vor ihr. Graysons Nähe ließ sie erschauern, als sie die Erhebungen der Brailleschrift unter ihren Fingerspitzen spürte. Graysons leichteste Berührung erregte sie, schon die Liebkosung seines Blickes entfesselte eine mächtige Woge des Begehrens.

Er stand so nah hinter ihr, dass sie spürte, wie sein warmer Atem ihre winzigen Löckchen in Bewegung versetzte und ihren Nacken kitzelte. Seine Arme umschlangen sie in einer Umarmung, die gleichzeitig intim und vorsichtig war. Er beugte sich vor, als seine Hände ihre Finger über die Seite führten, seine Lippen streiften beim Sprechen beinahe ihre Ohren.

Es dauerte einen Moment, bis ihr klar wurde, dass er aus dem Text unter ihren Fingern vorlas. Eine poetische Beschreibung des ersten Blickes, den ein Mann von einer schönen Frau erhascht.

«Sie können Braille lesen?»

«Leider nein. Meine Großmutter lernte es, als ihr Augenlicht schwand. Aber als ich jung war, schaffte ich es, diese Passage auswendig zu lernen. Endlich meine ich wirklich verstanden zu haben, wie der junge Mann sich gefühlt haben muss.» Während er sprach, glitt Graysons Hand hoch zu ihren Handgelenken. Dann, langsam, sehnsüchtig traten sie die Reise zu ihrem Ellenbogen an. Der dünne Stoff ihrer Bluse setzte weder der Wärme seiner Haut auf ihrer etwas entgegen noch der Hitze, die durch seine Nähe hervorgerufen wurde.

Als sie spürte, dass er von ihr wegtreten wollte, fasste Aurora seine Hände mit ihren und hob sie zu ihrer Taille. Jetzt war sie an der Reihe, die Bewegung zu dirigieren, als sie langsam, in voller Absicht, seine Hände ihren Brustkorb hinauf zu den weichen und wartenden Rundungen ihrer Brüste führte.

Sie spürte die Schärfe seines eingezogenen Atems, als er die Entschlossenheit erkannte, mit der sie ihn ermutigte. Die Unverfrorenheit ihres Handelns schockierte sie beide.

Sie wandte ihren Kopf leicht zur Seite und legte ihren empfindlichen Hals an seine Lippen. «Stell dir vor, ich wäre Braille.»

«So war Braille-Lesen noch nie.» Seine Handflächen umschlossen ihre schweren, bedürftigen Brüste, und als Antwort richteten sich ihre Nippel auf.

Aurora seufzte sanft vor Erleichterung. Wie verzweifelt hatte sie seine Berührung gebraucht. Die Hitzewelle aus ihren Lenden intensivierte sich, als seine Lippen leicht ihren Hals berührten und er den empfindlichen Bogen vom Ohr zur Schulter entlangzüngelte.

Aurora bebte. Seine Hände rutschten mit einer langsamen, provozierenden Bewegung von ihren Brüsten auf ihre Hüften, ihre Form modulierend und ihr Becken zu seinem zurückziehend.

Sie ließ sich zurückfallen, genoss die Fülle schwerer Glieder, die Art, wie ihre zwei Körper zu einem zerflossen. Seinen offensichtlichen Erregungszustand, den er nicht zu verbergen versuchte.

Mit einer provozierenden Bewegung rieb sie ihr Hinterteil an ihm und freute sich, als sie ein plötzliches Stocken seines Atems hörte. Sie fasste hinter sich, um mit ihren Fingern durch sein dickes dunkles Haar zu zausen, bevor sie die Konturen seiner markanten männlichen Gesichtszüge nachzeichnete. Wangenknochen. Kiefer. Heiße, hungrige Lippen.

Sie drehte sich in seinen Armen um, und als sie ihm ihren Kopf einladend zuwandte, fanden diese heißen und hungrigen Lippen die ihren. Sie stöhnte laut bei der schieren Wollust seines Kusses. Seine gierige Zunge entflammte ihre, involvierte sie in ein Paarungsritual so alt wie die Zeit. Aurora schmiegte sich an ihn, unfähig, genug von ihm zu bekommen. Jemals.

Er brach den Kuss als Erster ab und lehnte sich an sie, seine Hände umfassten ihr Gesicht, seine Stirn ruhte leicht an ihrer. Sein Atem ging schnell und wild, als er um Selbstbeherrschung rang.

«Letzte Nacht. Im Gartenpavillon. Das warst du», sagte sie.

«Nehmen Sie nichts, was an diesem Wochenende geschieht, für bare Münze. Beim *Rose and Thorn Club* dreht sich alles um Anonymität. Gesichtslose Fleischeslust. Daher die Masken.»

«Die Maske enthüllt ebenso viel, wie sie verbirgt.»

Grayson zuckte bei ihren Worten so zusammen, dass Aurora sich fragte, was er wohl zu verbergen suchte. Versteckte er sich vor ihr? Oder vor sich selbst? «Vielleicht bin ich der Spiegel, der das zurückwirft, was Sie sich selbst nicht eingestehen wollen?»

«Tiefe Gedanken für jemanden, der so jung ist», sagte er leichthin.

«Manche von uns sind alt geboren. Geboren in Weisheit. Oder in Scham.»

«Erlauben Sie mir, Sie daran zu erinnern, dass dieses Wochenende eine lange Party ist. Heute Nacht wird jeder Gast seine Partnerin oder ihren Partner gehüllt in einen Umhang derselben Farbe finden.»

Sie neigte den Kopf. «Dann stellen Sie sicher, dass Sie und ich gleich gewandet sind.»

«Sie wagen es zu befehlen?»

«Sie wagen es zu kontrollieren.» Sie spürte, wie er sich anschickte, sie loszulassen, und eine Gleichgültigkeit vorgab, von der sie wusste, dass er sie bei weitem nicht fühlte.

«Sie sind frei zu gehen, wann immer Ihnen die Spiele zu viel werden.»

«Sie haben mich zum Bleiben aufgefordert.»

«Und nun fordere ich Sie zum Spielen auf.»

«Ich nehme Ihre Forderung an. Und pariere Sie mit einer von mir.» Mit ihrer Kühnheit hatte sie ihn wieder überrascht. Das fühlte sich gut an.

«Und welche?»

«Ich möchte mein Zusammentreffen mit Ihnen.»

«Es soll Ihnen gewährt sein – vorausgesetzt, Sie bleiben das Wochenende über hier.»

«Warum tun Sie das? Warum geben Sie sich mit diesem Club, diesen Leuten ab? Ihren Mantel-und-Degen-Spielchen in der Dunkelheit? Was kann es nur sein, das Sie an ihrer Phantasiewelt interessiert?»

Er trat zurück, in seiner Art so distanziert, als wären sie nicht gerade in einer leidenschaftlichen Umarmung gefangen gewesen. «Ich habe meine eigenen Interessen. Nichts, das Sie etwas anginge.»

Darin irrt Grayson gewaltig, dachte Aurora, als sie ihn dabei beobachtete, wie er wegging. Alles, was Grayson Thorne betraf, war zu ihrem Belang geworden.

«Es scheint, als sei alles hier und am rechten Ort, Gray», sagte Randall, während er sich bei Toast und Kaffee bediente und sich dann zu Grayson an den massiven Esstisch aus Walnussholz setzte. «Ich muss sagen, diese Clubmitglieder schleppen mehr mit sich herum, als die Schauspielerinnen für ihre Aufführungen mitgebracht haben.»

«Vergiss nicht, dass alles, was du hier an diesem Wochenende siehst, Teil einer Inszenierung ist. Jede noch so kleine, unwichtig wirkende Nuance. Nichts ist wirklich.»

«Erklär mir noch einmal, warum genau du dein wohlgeordnetes Leben auf diese Weise durcheinanderbringst.»

«Ich richte dieses Fest im Gedenken an meinen Vater aus.»

Randall schüttelte den Kopf. «Du sprichst mit mir, Gray. Ich weiß, dass dein Vater den Club begründet hat, auf Julians Drängen, vermute ich.»

Gray schwieg. Er wusste genau, warum sein Vater den Club gegründet hatte. Was er noch nicht wusste, war, was sein Vater im *Gaslight Theater* getan hatte – an dem Abend, als er starb. Obwohl kleine Stückchen von seinem Vater schon über die Jahre gestorben waren. Jedes Mal, wenn Celeste sich vor seinen Augen mit einem ihrer zahlreichen Liebhaber gebrüstet hatte. Gray wusste, dass sein Vater *niemals* den Freitod gewählt hätte.

Der andauernde Streit seiner Eltern war über die Jahre ermüdend geworden. Celeste glaubte wahrhaftig, dass ihre Untreue nicht ihre Schuld war. Männer sahen sie auf der Bühne und begehrten sie, und sie hatte nicht die Stärke, sie zurückzuweisen. Sein Vater hatte ihr zahllose Male vergeben und sie zurückgenommen. Aber Gray sah die wahren Kosten und hatte sich geschworen, sich niemals zu verlieben, kein Opfer des Charmes und der Schönheit einer Frau zu werden.

Er verstand auch genau, welche Motive Jonathan zur Gründung des Clubs bewogen hatten. Es war seine Vergeltung für Celeste. Der Club bot vermögenden, älteren Theaterpatronen die Möglichkeit, mit einer Vielzahl jüngerer, attraktiver Partnerinnen zu verkehren. Alles unter dem Deckmantel der Kreativität. Ein lebendiges Theaterstück, in dem sie alle Hauptrollen spielten.

«Entschuldigen Sie, Sir.»

Gray blickte auf und sah seinen Butler händeringend vor sich stehen. «Was ist, Hudson?»

«Die junge Frau mit den roten Haaren, Sir. Sie wurde dabei gesehen, als sie sich in Richtung des Teiches aufmachte.»

«Verdammter Mist», fluchte Grayson, als er aufstand. Er hatte sein Gleichgewicht seit dem frühmorgendlichen Zusammentreffen mit Aurora in der Bücherei noch immer nicht ganz wiederhergestellt. Sie war vollkommen unvorhersehbar. «Warum kann sie den Tag nicht verschlafen, so wie die anderen Gäste?»

«Jawohl, Sir. Aber die Bediensteten, Sir.»

«Was ist mit den Bediensteten?»

«Sie sind sich unsicher über ihre Rolle in den Festivitäten dieses Wochenendes, Mr. Thorne.»

«Die Gäste sollten mehr als in der Lage sein, sich selbst zu amüsieren. Weisen Sie die Bediensteten an, dass sie sich zurückhalten sollen, nur eingreifen, wenn sie gefragt werden, und ansonsten sicherstellen, dass sich alle wohl fühlen. Noch etwas?»

Hudson rang schon wieder mit seinen Händen, und Gray wurde weicher. «Ich weiß, es ist störend, diesen Haufen um sich zu haben. Aber es ist nur für drei Tage.»

«Trotzdem», sagte Hudson, «es sind einfach seltsame Dinge, die da geschehen.»

«Ja, Hudson. Also, geben Sie einfach Ihr Bestes», sagte Gray.

Randall lachte laut, als der gute Mann weg war. «Du bist der einzige Dienstherr, den ich kenne, der seinen Dienern erlaubt, ihm zu sagen, wie sie meinen, dass man mit den Dingen umgehen sollte.»

«Gute Hilfe ist schwer zu finden. Und ich würde meine Zunge im Zaum halten, wenn ich du wäre, sonst kannst du dir nachher noch eine neue Anstellung suchen.»

Randall erhob sich träge. «Ob du es dir eingestehst oder nicht, Gray, du brauchst mich. Kein anderer könnte es mit dir aufnehmen.»

«Ich fürchte, da könntest du recht haben. Wenn du mich jetzt bitte entschuldigen würdest, ich kümmere mich besser mal um die Sicherheit unseres verirrten Gastes.»

Vier

Aurora fand sich plötzlich am Teich wieder, gerade als sie die Hoffnung aufgegeben hatte, ihn jemals zu finden. Nachdem sie das Gut aus der Luft und von dem Aussichtspunkt ihrer Veranda aus gesehen hatte, hatte sie einen guten Überblick über die Anlage gewonnen – aber am Boden sah alles vollkommen anders aus. Pfade wanden und schlängelten sich. Das grüne Blattwerk versteckte einige entscheidende Wegweiser, unter anderem den Teich selbst, dessen Ufer von Trauerweiden gesäumt wurde, deren Zweige tief ins Wasser reichten. Ebenso gut verborgen war ein schattengesprenkelter Winkel mit einer Bank und einem Steg. Und, Wunder über Wunder, an seinem Liegeplatz verspielt am Seil ziehend, lag dort ein weißes Ruderboot.

Der Teich erstreckte sich vor ihr, viel größer, als er aus der Luft gewirkt hatte, Heimat eines charmanten hölzernen Pavillons in der Mitte. Nicht der Hauch einer Brise störte die spiegelglatte Oberfläche des Teiches. Die Weidenzweige machten es unmöglich zu erkennen, wo das Ufer endete und das Wasser begann. Außer am anderen Ende, wo Binsen ihre dunklen, schilfigen Köpfe herausstreckten.

Das nahe Ruderboot lockte, einfach eine zu große Versuchung.

«Ist es nicht egal, dass ich noch nie ein Boot gesteuert habe?» Auroras Stimme echote über den Teich. «Bis gestern bin ich auch noch nie mit einem Ballon gefahren.»

Von dem hölzernen Steg aus ging sie langsam vor, hielt ihren Rock in einer Hand und kletterte behutsam an Bord. Das Boot schwankte ein wenig, als sie sich auf die Holzbank in der Mitte fallenließ.

Das eine Ende des Bootes war spitz, während das andere eckig war. Sie beschloss, dass sie mit dem Rücken zur Spitze sitzen wollte. Dann nahm sie die Ruder und vergewisserte sich, dass sie sicher in ihrer Halterung befestigt waren.

Gäbe Bootfahren nicht ein großartiges bewegtes Bild? Sie hatte schon eine Lokomotive und einen Wagen in Bewegung gesehen, warum nicht ein Boot? Die Vorahnung eines Ventils für ihre Kreativität feuerte ihre Begeisterung an. Sie musste Grayson dazu bringen, dass er ihr Anliegen verstand. Sie musste einfach! Sie würde den Traum ihres Vaters in die Tat umsetzen. Sie würde diesen Leuten, die ihn lächerlich gemacht hatten, zeigen, dass er seiner Zeit einfach nur Meilen voraus gewesen war.

Als sie versuchte zu rudern, drehten sich die Riemen unbeholfen in ihren Händen, ihre Bemühungen liefen ins Leere. «Natürlich, sie müssen ja hoch und runter.» Aurora stellte die Ruder so ein, dass sie klar durch das Wasser schneiden würden. «Schon viel besser, wirklich nichts als gesunder Menschenverstand. Ganz wie das Leben.»

Unaufgefordert blitzte ein Bild vor ihr auf, Produkt ihrer allzeit bereiten Vorstellungskraft. Grayson setzte sich ihr gegenüber hin und bediente die Ruder, während sie sich dekorativ zurücklehnte und ihre Finger in träger Entspannung durch das Wasser gleiten ließ. Seine Füße getrennt voneinander, gestemmt gegen den Boden des Ruderbootes, seine langen, starken Beine in körperbetonenden Kniehosen. Seine Ärmel wären halbhoch an seinen sonnengebräunten, starken Unterarmen hochgerollt. Unter einer dünnen Schicht dunkler Haare sah sie die sehnige Zugkraft von Muskeln beim Rudern. Sein Hemd wäre halb aufgeknöpft, beschloss sie, damit es ihr verlockende Blicke auf schweißglänzende Muskeln erlaubte, verstärkt durch den sonnigen Tag und seine Anstrengungen.

Sie konnte seinen männlichen Moschusgeruch riechen, ein

ebenso berauschendes Aphrodisiakum wie der Mann selbst. Sie sah sich selbst langsam nach vorn rücken, vor ihm knien, spielerisch seine Hose öffnen …

Sie blinzelte sich zurück in die Realität. Wo um alles in der Welt waren diese lasziven Gedanken hergekommen? Während der sexuelle Akt eine angenehme Abwechslung sein mochte, war dies wohl kaum der Weg, um Grayson von ihrer Meinung zu überzeugen. Glasklare Logik war hier gefordert. Gegenseitige Kooperation und Respekt.

«Übrigens», sagte sie laut, als sie sich bemühte, einen einigermaßen geraden Kurs zu halten, «hast du noch nicht gelernt, dass ein Mann die Dinge nicht einfacher machen wird?» Der Tod ihres Vaters war ein Schock gewesen, ihre übereilte Hochzeit eine schwere Enttäuschung.

Grayson Thorne war das sprichwörtliche Rätsel. Die Art und Weise, wie er sie gestern Abend unvorbereitet im Gartenpavillon überrumpelt hatte, und noch einmal heute Morgen in der Bibliothek. Offensichtlich liebte er es, Leute zu überraschen. Glücklicherweise hatte sie seine Züge mit ein paar eigenen parieren können. Er würde gemerkt haben, dass man mehr mit ihr rechnen musste, als es schien. Sie würde einfach auf die richtige Gelegenheit warten, um ihn so unbemerkt von ihrer Position zu überzeugen, dass er es nicht einmal bemerken würde. Das *Gaslight* würde all das werden, wovon sie und ihr Vater gesprochen hatten, und noch mehr.

Als Aurora ihren Entschluss erneuerte, das Erbe ihres Vaters stolz zu erfüllen, blickte sie hinüber zu dem Pavillon, der aus irgendeinem unerfindlichen Grund trotz ihrer Bemühungen kein bisschen näher zu kommen schien.

Es wäre göttlich, dort faul herumzuliegen, sich den reizenden Juninachmittag in Ruhe und Abgeschiedenheit zu vertreiben. Sie könnte in der Abgelegenheit der Laube auch ihre Inszenierung proben.

Bei dem Versuch, das Boot zu wenden, glitt ihr eines der

Ruder aus der Hand, löste sich und plumpste über die Seite ins Wasser.

«O Gott!»

Als Aurora aufstand und versuchte, es zu fassen, schwankte das Boot bedrohlich. Sie kämpfte um ihr Gleichgewicht, fand es, verfing sich dann aber mit dem Fuß in einer Schöpfkanne am Boden und ging über Bord.

Aurora schlug wie wild um sich und schaffte es irgendwie, zum Boot zu paddeln, wo sie sich entschlossen am Rand festklammerte und versuchte, mit den Füßen zu strampeln. Ihr nasser Rock wickelte sich um ihre Beine, machte jede Bewegung nahezu unmöglich. Der durchnässte lange Rock behinderte auch ihre Versuche, zurück ins Boot zu klettern.

Eine Hand fest am Boot, kämpfte ihre andere mit den Knöpfen, die ihren Rock festhielten. Als sie sich den Weg freigekämpft hatte, spürte sie, dass das gute Stück sank wie ein Stein. Sie war froh, dass sie nicht dasselbe Schicksal erlitten hatte.

Gray konnte seinen Augen kaum trauen. Er war gerade zur rechten Zeit am Teich angekommen, um zu sehen, wie Aurora aufrecht im Boot stand und kopfüber ins Wasser schoss. Warum war er überhaupt überrascht? Diese Frau war eine wandelnde Katastrophe, die selbst dort sorglos voranschritt, wo ein Engel Vorsicht walten ließe. Und in diesem Augenblick hatte sie rein gar nichts Engelhaftes an sich.

«Verdammt nochmal!» Er schlüpfte aus seiner Jacke und seinen Stiefeln und hechtete aus dem Laufen mit einem Kopfsprung ins Wasser. Wie auf Bestellung erreichte er gleich darauf das Boot und seinen durchnässten Gast.

«Guten Tag», sagte sie, als ob es ein ganz normaler Zeitvertreib wäre, vollbekleidet herumzuplanschen und sich an einem leeren Boot festzuklammern. «Ich bin anscheinend nicht ganz in der Lage, zurück an Bord zu kommen.»

«Können Sie schwimmen?», fragte Gray.

«Ich fürchte, das gehört nicht zu den Dingen, die zu erlernen ich Gelegenheit hatte, nein.»

Er stellte sich hin und nahm sie schnell in seine Arme.

«Zu Ihrem Glück wurde dieser Teich von Menschenhand gemacht und ist nicht sehr tief.»

«Sie meinen, ich hätte mich einfach hinstellen und ans Ufer gehen können?»

«Nun, es hätte etwas länger gedauert, aber Sie wären nur ertrunken, wenn Sie in Panik geraten wären.»

«Ich gerate nie in Panik», sagte Aurora von obenherab.

Er trug Aurora die kurze Entfernung zum Pavillon und stellte sie im Inneren des Bauwerks auf ihre Füße. Dann kehrte er zurück, um das Boot zu holen, welches er sicher am Geländer der Laube festband.

Aurora schaffte es, in ihrem tropfnassen, rocklosen Zustand ein wenig zerknirscht auszusehen. Wasser tropfte aus ihrer Bluse und den knielangen Pantalettes und bildete zu ihren Füßen eine kleine Pfütze. Sie ließ sich auf die hölzerne Bank fallen, um ihre durchnässten Schuhe und Strümpfe auszuziehen.

Ihr Hut war schon lange weg. Ihr Haar umrahmte ihr Gesicht mit tropfnassen Locken, während ihre nasse Kleidung an ihrer Haut klebte und nichts der Einbildungskraft überließ. Ihre Brüste waren hoch und straff, ihre Nippel steif von der Kälte. Ihre Pantalettes klebten an ihren Beinen und ihren Pobacken, sodass sie ihre wirklich hübsche Figur unterstrichen.

«Ich schlage vor, Sie sehen zu, dass Sie aus Ihren nassen Sachen rauskommen, bevor Sie sich erkälten», bemerkte er, während er sich das Hemd vom Körper schälte, es auswrang und über das Geländer des Pavillons hängte. «In der Sonne wird es nicht lange dauern, bis alles wieder trocken ist. Was halten Sie von einem Glas Champagner, während wir warten?»

«Ein Glas Champagner? Sind Sie Zauberer?»

«Nur ein guter Gastgeber.» Während Gray sprach, öffnete er

ein einfaches, eingebautes Sideboard und entnahm ihm eine Flasche Champagner in einem silbernen Eimer.

Aurora setzte sich an seine Seite und bemerkte, dass an der gekühlten Flasche Wasser kondensierte. Als sie die geübte Art beobachtete, wie er die Flasche öffnete und jedem von ihnen ein Glas einschenkte, verengten sich ihre Augen misstrauisch. «Wie kommt es, dass in einem Pavillon inmitten eines Teiches gekühlter Champagner im Schrank steht?»

Grayson zuckte mit den Schultern. «Ich versuche, jede mögliche Laune meiner Gäste vorauszuahnen. Die Diener waren heute früh hier und haben dafür gesorgt.» Er zog einen kleinen Weidenkorb hervor und erforschte den Inhalt. «Lust auf einen kleinen Imbiss?»

«Warum gehen wir nicht einfach zurück zum Haus, damit ich mich wieder in Ordnung bringen kann?»

«Viel zu viel los da drüben. Vorbereitungen für die Party des heutigen Abends. Hier können wir ungestört reden. Sie hatten doch um eine Audienz bei mir gebeten, oder nicht?»

«Nicht in Unterwäsche. Nein.»

«Nicht einmal, wenn es sich um höchst bezaubernde Unterwäsche handelt?»

Aurora wusste, dass er die Situation genoss, da er wieder einmal das Gefühl hatte, die absolute Kontrolle und die Oberhand zu haben – was sie ihn auch weiterhin denken lassen würde.

«Sie sind eine Herausforderung als Mann, Grayson Thorne, wenn man versucht, Ihnen auf den Grund zu kommen.»

«Unsinn», antwortete er. «Männer sind simple Geschöpfe.» Er schnitt ein Stück Käse ab, spießte es auf die Messerspitze und reichte es ihr hinüber. «Es sind die Frauen, die so grässlich kompliziert sind.»

Aurora schüttelte ihren Kopf mit Blick auf den Käse. Ihre nassen Sachen waren fürchterlich klamm und unbequem. Sie erinnerte sich selbst daran, dass sie eine moderne Frau war, überaus in der Lage, für sich selbst zu sorgen. Also schüttelte sie ihre Bluse ab und warf sie zu Grayson hinüber, der sie mit einer Hand auffing. «Sie haben größere Hände als ich. Es stört Sie doch nicht, das auszuwringen?»

Sie hatte ihn offensichtlich überrascht, sowohl mit ihren Taten als auch mit ihren Worten. Dieses Wissen löste bei ihr einen warmen Schauer der Genugtuung aus. Vielleicht war es nicht nur Genugtuung? Vielleicht war es Grayson, ohne Hemd, und sogar noch anziehender, als ihre versponnenen Vorstellungen von ihm? In ihren Tagträumen war seine Hose nicht nass gewesen und hatte nicht, alles liebevoll abzeichnend und nichts der Phantasie überlassend, an seinen Beinen geklebt. Sie fühlte, wie ihr warm wurde angesichts der Richtung, die ihre Gedanken nahmen. Sie waren wieder einmal allein.

Er beobachtete sie, als ob er irgendwie wusste, dass sie sich für ihn ausgezogen hatte. Sie war vielleicht schamlos, aber nicht schamlos genug, um sich nackt bis auf die Haut auszuziehen.

«Ich glaube, Ihre Gäste wären nicht übermäßig empört, wenn ich mich in meinen Pantalettes die Treppe hinaufstehlen würde?»

«Die haben selbst Flausen im Kopf. Ich bezweifle, dass sie es überhaupt bemerken würden. Diese Gesellschaft neigt dazu, reichlich mit sich selbst beschäftigt zu sein.»

«Dennoch richten Sie die Party für sie aus.» Aurora griff an ihm vorbei und brach sich ein Stück vom Baguette ab. «Darf ich fragen, warum?»

Er schnitt ein weiteres Stück Käse, welches Aurora mit einem kurzen Nicken annahm – sie amüsierte sich. Es war ein milder, sonniger Tag. Ein einsamer Schauplatz. Stimulierende männliche Gesellschaft. Champagner. Ja, das hier war ein göttliches Abenteuer, und das Beste stand noch aus – wenn sie das kriegte, weswegen sie hergekommen war. Alles, was sie sich zum Ziel gesetzt hatte und noch mehr, dachte sie, als sie sich mit köstlicher Erregung an das Zwischenspiel im Sommerhaus letzte Nacht erinnerte.

«Sie glauben, ich habe Hintergedanken in Bezug auf die Party?»

«Ich weiß, dass Sie Hintergedanken haben.»

«Und zwar welche?»

«Es hat etwas mit dem Ableben Ihres Vaters zu tun. Vielleicht verdächtige Umstände im Zusammenhang mit seinem Tod? Und Sie vermuten, dass jemand, der in diesen Club involviert ist, der Schlüssel dazu ist.»

«Nicht!» Seine Stimme klang unerwartet scharf.

Sie hatte halb im Scherz gesprochen, sich das Szenario ausgedacht, während sie sprach. Offensichtlich hatten ihre Spinnereien so ziemlich ins Schwarze getroffen.

«Was nicht?»

«Sprechen Sie zu niemandem darüber.»

«Keine Sorge, das werde ich nicht tun.»

«Genauer gesagt, versuchen Sie nicht, mich in die Enge zu treiben. Denn das ist ein Spiel, das Sie nicht gewinnen werden.»

«Wer sagt denn, dass es ein Spiel ist?» Sie ging hüftschwenkend auf ihn zu, während er sprach. Er konnte die feuchten, sonnendurchwärmten Ranken ihrer Haare spüren, den Hauch von Champagner in ihrem Atem, den weiblichen Moschusduft ihrer Haut. Es war eine gefährliche Kombination, selbst für ihn, der ziemlich geübt darin war, sich unter Kontrolle zu haben.

«Sie lieben es, Leute zu drängen», sagte Gray nachdenklich.

«Manchmal. Und Sie genießen anscheinend die Möglichkeit, Gegendruck auszuüben.»

«Und was passiert, wenn ich Sie nicht zurückdränge?» Er berührte sie, während er sprach, fand die weiche Beuge, wo die Schulter den Hals trifft. Er sah auf seine Berührung hin ihren Puls springen und wild in der Senke ihrer Kehle schlagen.

«Sie haben eine äußerst verstörende Art, mich zu drängen und anzuziehen.» Ihre Stimme war heiser, aber sie zog sich nicht von seiner Berührung oder seiner Herausforderung zurück.

Im Gegenteil, sie legte eine Hand auf die Mauer seiner Brust, wo sie auf seiner Haut flatterte wie der allersanfteste Schmetterlingsflügel. Er mochte die Art, wie sie ihn berührte. Aber zu mögen, wie eine Frau einen berührte, konnte sich als gefährlich erweisen – oder es konnte einfach als unterhaltsame Abwechslung dienen.

Er entschied sich für Letzteres und zog sie langsam zu sich. Er konnte die Wärme ihrer Haut durch die feuchte Unterwäsche hindurch spüren. «Sie meinen, dass es mir nur darum geht, Sie abzulenken?»

«Ich glaube, dass es Ihnen definitiv nur darum geht, mich abzulenken. Ein plumper Versuch, mich von dem Grund abzulenken, aus dem ich hier bin.»

«Wenn dem so ist. Ich lehne es ab, den Formen Genüge zu tun.» Er entließ sie und lehnte sich zurück, ausgebreitet auf der eingebauten Holzbank. «Geben Sie sich Mühe. Erzählen Sie mir, was Sie von mir bezüglich des Theaters wollen, und warum ich dem zustimmen sollte.»

Gray musste es ihr übergeben; sie war nicht nervös wegen der Spontaneität ihrer Audienz oder dem unorthodoxen Rahmen. Und sie hatte ihre Hausaufgaben gemacht, stellte er fest, als sie Atem holte und zu sprechen anfing.

«Historisch gesehen haben die Menschen immer danach gestrebt, unterhalten zu werden. Seit Anbeginn der Zeiten gab es Barden, Bauchtänzer, Bühnenstücke und Oper. Sie und ich, wir beide kennen das Theater, wir wissen, dass es riskant und zeitintensiv ist, ein Stück zu inszenieren – Schauspieler, Proben, Musiker, Kritiker. Und was, wenn es ein Flop ist? Bewegte Bilder dagegen sind viel weniger kompliziert. Man braucht nur eine Leinwand, einen Projektor und jemanden, der ihn bedienen kann. Derselbe Filmstreifen wird für verschiedene Kunden immer wieder abgespielt.»

Sie stand vor ihm, angetrieben von der Leidenschaft für ihr Thema. Während Leidenschaft einerseits eine gute Sache sein konnte, konnte sie sich auch als gefährlich erweisen, da jedes intensive Gefühl die vernünftige Urteilsfähigkeit eines Menschen vernebelte. In Herzensdingen genauso wie in geschäftlichen Dingen.

«Sie sehen ganz offensichtlich eine Zukunft für die bewegten Bilder. Was, wenn Sie falsch liegen?»

«Das tue ich nicht. In den vier Jahren, seit der Kinematograph erfunden wurde, wurden die Filme bereits stetig verbessert. Nehmen Sie nur den Fortschritt von der Daguerreotypie zu Kodak.»

«Ich gebe zu, bewegte Bilder sind zurzeit eine interessante Neuheit. Was, wenn die Neuheit sich abnutzt?»

Aurora konnte die Stimme ihres Vaters so deutlich hören, als stünde er neben ihr im Pavillon. «Die Filmstücke selbst müssen nur anspruchsvoller werden. Es ist bereits die Rede davon, Sprache mit den Handlungen zu verknüpfen, nicht unähnlich den Wachszylindern, die man für Fotografien benutzt. Das ist der Weg der Zukunft.»

«Sie sind ein leidenschaftliches kleines Ding, nicht wahr?»

Aurora spürte die Intensität seines Blickes, als er sich zu ihr vorbeugte, und sie befeuchtete sich die Lippen mit ihrer Zungenspitze. «Wenn ich auf etwas fixiert bin, dann halte ich es für richtig, es mit allem, was ich habe, zu verfolgen.»

«In genau diesem Augenblick gibt es etwas, auf das *ich* fixiert bin», sagte Gray. «Ich bemerke, dass ich ziemlich fixiert bin auf die sinnliche, volle Röte deiner Lippen. Und wie sie schmecken müssen. Weich und warm, und sehr, sehr bezaubernd.»

«Sie wechseln das Thema.»

«Oder ich komme erst jetzt zu dem Thema, das mich interessiert, nachdem ich jetzt schon viele Minuten von deinen nassen Kleidern gequält wurde.»

«Ich hätte nicht aus dem Wasser gerettet werden müssen, wissen Sie. Ich wäre sehr gut allein zurechtgekommen.»

«Aber es hat Spaß gemacht, Sie zu retten», sagte Gray. «Und sehen Sie, wohin Ihre Impulsivität Sie geführt hat. Zu einem spontanen Picknick.»

«Dieser Pavillon erinnert mich an das Sommerhaus am hinteren Ende des Gartens. Wurden sie zur gleichen Zeit gebaut?»

«Ja», antwortete Gray. «Derselbe Meister. Er konnte sehr gut mit seinen Händen umgehen.» Während er sprach, fassten seine Finger langsam unter den Träger ihres Hemdchens und streichelten ihre nackte Haut. «Du hast unglaublich weiche Haut.»

Aurora konnte sich nicht bewegen, seine Berührung war wie ein Brandmal, nach dem sie sich sehnte. «Was passiert als Nächstes mit Ihren Gästen?»

«Ein Tanz. Eine weitere ausgelassene Feier und geheime Rendezvous. Geschlechtliche Vereinigungen. Partnertausch.»

«Ist das der Teil, auf den Sie sich freuen? Der Partnertausch?»

War es ihre Einbildung, oder spürte sie, wie er sich leicht versteifte? «Im Gegensatz zu vielen meiner Zeitgenossen glaube ich nicht, dass das Gras woanders immer am grünsten ist. Ich glaube, dass man mit dem richtigen Partner wahre körperliche Glückseligkeit erreichen kann.»

«Dann sind Sie also ein Romantiker? Ein *One Woman*-Mann vielleicht?»

«Romantik? Ich spreche von sexuellem Appetit. Und, wie die meisten Männer, gestehe ich mir das Vergnügen zu, die eine besondere Frau zu suchen, die mich wahrhaftiger befriedigen kann als bloß die große Auswahl an Partnerinnen.»

«Wie ist sie, diese eine Frau für Sie?»

«Ich bin nicht sicher», sagte Gray. «Vielleicht hat sie kupferfarbenes Haar. Und Lust am Abenteuer.»

Aurora stieß seine Hand weg und sprang auf die Füße. «Sie spielen mit mir!»

Grayson warf lachend seinen Kopf zurück. «Natürlich tue ich das – und es macht mir ein teuflisches Vergnügen, Sie zu necken. Sie nehmen alles so schön ernst.»

«Vielleicht ist das Leben für Sie ein immerwährendes Spiel. Aber für mich war es immer ein sehr ernsthaftes Unterfangen.»

«Setzen Sie sich, Aurora. Trinken Sie noch etwas Champagner. Tatsächlich finde ich Ihre Gesellschaft höchst erfrischend.»

Erfrischend? Das war beinahe beleidigend. Zum ersten Mal verließ ihr Selbstbewusstsein sie. Vielleicht war es doch nicht er gewesen, gestern Abend im Sommerhaus? Vielleicht hatte sie einen seiner Gäste zum Gespielen gehabt und sich einfach nur eingebildet, dass er es war. Sie und ihre verfluchte Einbildungskraft, die den Mann als Grayson malte, weil sie es sich so wünschte. Wie peinlich, falls das wahr wäre, wenn die Berührung eines vollkommen Fremden sie in solche Höhen der Leidenschaft erheben konnte.

Eine Leidenschaft, wie sie sie vielleicht nie wieder kennenlernen würde. Es schien unfair, den Rest ihrer Tage nur mit dieser einen Erinnerung zuzubringen, um sie am Leben zu erhalten.

«Was ist? Was habe ich Falsches gesagt?»

«Ich wünsche nicht, dass Sie mich erfrischend finden», sagte sie hochmütig.

«Wie sollte ich denn Ihrer Meinung nach lieber von Ihnen denken?»

Was war nur an diesem Mann? Normalerweise brachte ihre Freimütigkeit die Männer dazu, einen Rückzieher zu machen, stammelnd vor Verlegenheit. Nicht so Grayson Thorne.

Sie konnte kaum zugeben, dass sie zu hören wünschte, dass er sie favorisierte, dass er von ihr in Bann geschlagen war – sehnsüchtig von einer Wiederholung dieser verzauberten Begegnung des gestrigen Abends träumte.

«Ich möchte, dass Sie in Betracht ziehen, was ich über das *Gaslight Theater* und die bewegten Bilder gesagt habe. Zerstören Sie dieses schöne alte Gebäude nicht.»

«Wie sonst wünschen Sie, dass ich über Sie denke?»

Wie konnte er nur wissen, dass ihr mehr durch den Kopf ging als bewegte Bilder? «Das würde für jetzt genügen.»

Er packte ihr Handgelenk und hielt es locker, mit gerade genug Druck, um sie wissen zu lassen, dass er sie hatte. Sein Daumen streichelte das weiche Innere ihres Handgelenks. «Ich erkenne einen Bluff, wenn ich einen sehe. Ich rate Ihnen, ihr Glück nicht beim Pokern zu versuchen.» Er fuhr fort, ihre Haut mit langen, langsamen, sinnlichen Bewegungen zu streicheln. «Sieh doch, wie dein Puls sich unter meiner Berührung beschleunigt.»

«Du sollst wissen, dass ich beim Glücksspiel sehr erfolgreich bin.»

«Dieses Spiel, das du mit mir spielst, könnte sehr gut die größte Sache sein, um die du je gespielt hast.»

«Alles Große ist das Risiko wert.»

«Selbst wenn du verlierst?»

«Ich spiele nicht, um zu verlieren.»

«Vielleicht gibt es in diesem Fall etwas, das wir beide gewinnen können.»

«Genau! Mit Ihrem Theater und meiner Geschäftsidee können wir auf keinen Fall verlieren.»

«Lassen Sie doch das Geschäft. Ich rede von uns. Jetzt. Eine Sommersonnenwende wie keine andere. Eine Phantasie, wo alles und jedes Begehren vollständig befriedigt wird.» Seine Stimme wurde tiefer, sein Griff forscher. «Ich sehne mich danach, dich zu besitzen. Nach deiner Haut, die so weich ist wie Satin.» Knöchel streiften die Spitze, die ihr Hemdchen einfasste und versengten die Haut, die herausguckte. «Deine üppigen und köstlichen Lippen. Ich begehre es, jede einzelne deiner charmanten Sommersprossen zu lecken und zu schmecken.» Während er sprach, neigte er seine Lippen zu ihrer Schulter hinunter und schmiedete einen warmen, nassen, hungrigen Pfad zu ihrem Schlüsselbein. Aurora schnappte nach Luft, aber wagte kaum zu atmen, um den Zauber nicht zu durchbrechen. Eine schwache Brise blies über den Teich und zerzauste ihre feuchten Locken, ihre kühle Zärtlichkeit ein Gegensatz zu Graysons erhitztem Atem und noch heißerem Blick.

«Sie wünschen, dass ich für die Zeit meines Aufenthaltes Ihre Geliebte bin.»

«Nur, wenn Sie das auch wünschen.»

«Und wenn ich ablehne?»

«Werde ich Ihre Rückkehr in die Stadt arrangieren. Sie müssen es nur aussprechen.»

«Meine Aussichten, das Theater zu mieten oder zu kaufen – hängen sie von meiner Entscheidung ab?»

Grayson fluchte und sprang auf die Füße. «Für was für einen Mann halten Sie mich?»

«Für einen, der daran gewöhnt ist, dass er seinen Willen bekommt – in jeder Hinsicht.»

«Ich lasse es niemals zu, dass persönliche Gefühle bei geschäftlichen Entscheidungen eine Rolle spielen.»

«Gut.» Aurora erhob sich. «Das tue ich auch nicht. Aber ich muss Sie eine Sache fragen. Warum ich?»

Grayson schien amüsiert über ihre Frage.

«Ich warne Sie, ich werde simple Lust nicht als Antwort hinnehmen. Es gibt hier Frauen, die jünger, schöner, weitaus erfahrener und talentierter sind als ich. Jede von ihnen, da bin ich ziemlich sicher, wäre mehr als glücklich, sich für ihren Gastgeber hinzulegen.»

«Die Schauspielerinnen, fürchte ich, sind austauschbar. Sie, Mrs. Tremblay, sind einzigartig.»

«Sie fühlen sich zu mir hingezogen, weil ich anders bin?»

«Ich fühle mich zu Ihnen hingezogen, weil Sie Sie sind. Frustrierend, faszinierend, impulsiv. Sie sind darüber hinaus noch eine Menge anderer Dinge, aber langweilig ist keins davon.»

«Und Sie, Sir, sind ebenfalls äußerst herausfordernd.» Sie ließ ihren einen Arm einen Halbkreis ausführen. «An der Oberfläche erscheinen Sie so durchsichtig wie das Gewässer, welches uns umgibt. Klar und einfach, doch unmöglich hineinzusehen, kein Hinweis auf ihre Tiefe und voller Überraschungen.»

«Und Sie, meine Liebe, sind wie die Wolken über uns. Flüchtig in ihrer Erscheinung, unmöglich zu halten.»

«Ein Wolke klingt viel weniger fröhlich als Wasser oder die Sonne.»

«Ihr Leben, das spüre ich, war bisher alles andere als fröhlich.»

Woher kannte er sie so gut, angesichts einer solch kurzen Bekanntschaft? Oder hatten sie beide schon immer auf diesen historischen Augenblick gewartet? Diese Stunde der Wahrheit?

Ein Gefühl der Richtigkeit, der Zugehörigkeit, das sie niemals zu fühlen erwartet hatte, führte ihre Schritte, als Aurora in seine Arme ging und ihm ihre Arme um den Hals schlang. «Erfüll mich mit Freude. Zeig mir alles, was ich verpasst habe.»

«Die sinnlichen Vergnügen zeige ich dir nur zu gerne. Die Freude musst du selber entdecken.»

«Gehen die beiden nicht miteinander einher?»

«Vielleicht können sie einander folgen. Das eine von außen, das andere von innen.»

«Genug Gerede», sagte Aurora, als sie ihren Mund zu seinem erhob.

«Einverstanden.» Grayson hob sie hoch. Er schob eilig ihre abgelegten Kleider zu einem Nest auf dem Holzboden zusammen und legte sie sanft darauf.

«Kein sehr elegantes Liebeslager, fürchte ich. Aber es muss reichen.» Er küsste sie lang und fest und tief.

Aurora seufzte und hielt seinen Kopf nahe bei ihrem, als er sich zurückziehen wollte. «Mehr!»

«Dich zu küssen ist göttlich. Als ob etwas sich bewegt und unter mir zum Leben erweckt wird.»

«Durch dich werde ich voll zum Leben erweckt.» Aurora bewegte sich, nötigte ihn, dichter über sie zu kommen. Ihre Brüste scheuerten sich wund an ihrem Unterhemd, sehnten sich nach dem Gefühl seiner Haut auf ihrer. Er befreite ihre Brüste von ihrer einengenden Unterkleidung und labte sie mit seiner Zunge. Das wiederum löste einen Strom von Gefühlen bei ihr aus, die Aurora in jedem Teil ihres Körpers spürte. Sie wölbte ihren Rücken, wollte, brauchte mehr. Mehr von ihm gegen mehr von ihr. Er pflügte seine Hände durch ihr Haar und hielt sie fest, während sein Becken sich an ihres anpasste, genau in die Konturen ihres Körpers schmiegte.

«Füll mich», flehte Aurora, ihm entgegenwallend, erfreut und erstaunt über die Art, in der sie zusammenpassten wie zwei Teile eines Puzzles. Ein Schlüssel ins Schloss.

«Genau das habe ich vor zu tun», sagte Grayson. «Aber zuerst möchte ich dich zur Ablenkung ein wenig necken.»

Fünf

Zur Abwechslung ein wenig necken? Wohl eher, sie in eine völlig andere Sphäre katapultieren. Eine Welt, in der Reaktionen und Gefühle mit nichts von dem vergleichbar waren, wovon sie jemals zu träumen gewagt hatte.

Doch, hatte sie nicht irgendwie immer gewusst, dass es so einen Ort gab? Immer daran geglaubt, wie Dornröschen im Märchen, dass eines Tages der Prinz kommen und sie mit einem Kuss wecken würde? Graysons erster Kuss hatte sie auf eine Weise zum Leben erweckt, die sie sich nicht einmal hatte vorstellen können.

Die letzte Nacht im Sommerhaus hätte wie ein Traum erscheinen können. Wie eine Rolle, die zu spielen sie geboren war, für kein Publikum außer sich selbst und ihrem Partner. Aber heute war es eine andere Sache.

Heute war es ein Bad im Sonnenlicht. Sie war überwältigt von dem sehr realen Gefühl von Graysons Körper, der sich auf allerintimste Weise an den ihren presste. Keine Masken. Keine Schatten. Keine Phantome. Sein Blick auf ihrem machte kein Geheimnis daraus, wessen Berührung die Macht hatte, sie in zuvor ungeahnte Höhen zu schicken.

Träge langte er über sie hinüber, nahm ein Stück Eis aus dem Champagnereimer und steckte es sich in den Mund. Während sie es fasziniert beobachtete, senkten sich diese Lippen, stießen herab und dockten an ihren an.

Ein Stoß raste durch sie hindurch, heiß und kalt zugleich durch die brennende Hitze seiner Lippen und die schockierende Kälte des Eises. Hocherfreut, entzückt reichte sie das Eis zurück, hin und her, bis es zu einem Nichts geschmolzen war, um sofort durch ein Neues ersetzt zu werden.

In Graysons begabten Fingern wurde das Eis zu einem Instrument der extremen Stimulation. Er rieb es über ihre Brüste und Nippel, dann blies er darauf. Heiß. Kalt. Wieder heiß. Aurora krümmte sich. Ihre Beine fühlten sich zu schwer an, um sie zu bewegen, doch das pulsierende Bedürfnis an ihrer Kreuzung erlaubte ihr nicht, ruhig zu bleiben, als er das Eis tiefer führte. Es glitt über ihre Rippen und den Bauch, um an ihrem Nabel zu klingeln. Dann tauchte es noch tiefer, unter das Band, das ihre Pantalettes einfasste, um auf ihren heißesten Kern zu rutschen.

Aurora hielt den Atem an, als feurige Finger und gefrorenes Eis in ihrem Inneren zusammenspielten und das schmelzende Eiswasser ihre eigene, glitschig überlaufende Feuchtigkeit unterstrich.

«Du bist so heiß», sagte Grayson, seine Finger neckten sie wie versprochen zur Ablenkung. «Du hast dieses Eis in Sekunden geschmolzen.»

Aurora bog ihren Körper hoch und drückte sich nach oben, an ihn heran, bis ihre Brüste seinen Oberkörper streiften. Sie spürte sie auf eine äußerst irritierende Art an ihm reiben, bevor sie unwillig an seiner Hose zog, in dem verzweifelten Wunsch, alles von ihm, gänzlich von ihr umschlungen, zu spüren.

«Ich gebe dir vollkommen recht», sagte Grayson. «Wir haben beide entschieden zu viel an.»

Er zog sie auf die Füße und kniete vor ihr, während er ihre Pantalettes abschälte und seinen Kopf an ihrem Bauch vergrub, leckend, zwickend, sie anbetend.

Sie zwirbelte ihre Finger durch Graysons Haar, als er seinen dunklen Kopf zwischen ihre milchweißen Schenkel senkte. Schauer der Lust strahlten bis zu den Spitzen ihrer Zehen und Finger, und sie schluchzte vor Begierde. Wie konnte er so eine Wirkung auf sie haben? Ihr Körper schrie nach mehr, als er seine Lippen vor Befriedigung leckte und langsam wieder auf die Beine kam, sie dabei mit sich nehmend. Als sie fühlte, wie er sie überall berührte, seine Hände wie Brandeisen, die ihre Haut entflammten, war es immer noch nicht genug. Sie brauchte ihn in ihr, auf ihr, um sie herum.

«Knie dich hier vor mich.»

Wie konnte sie ihm etwas verweigern? Als sie sich auf der Bank hinkniete und das Geländer vor ihr festhielt, hörte sie ihn im Picknickkorb rumoren. Was jetzt?

«Süßigkeiten für die Süße.» Sie warf einen Blick über ihre Schulter, gerade rechtzeitig, um zu sehen, wie Grayson seine Hände in den Honigtopf tauchte. Dann strich er die klebrige Süße zwischen ihre Beine, als ob er sie salbte. Sie bebte bei seiner Berührung, als sie spürte, wie der Honig sich mit ihren eigenen süßen Säften mischte. Brennend vor Verlangen wurde sie ungeduldig, wollte, brauchte mehr.

«Geduld, meine Liebe.» Grayson brachte sich zwischen ihren Beinen in Stellung und machte sich an das Festmahl. «Honig für und von deinem Honigtopf. Eine unwiderstehliche Kombination.»

Er verweilte an der empfindlichen Haut am Ende ihrer Oberschenkel und leckte die Falte, die Bein von Po trennt, von vorne nach hinten. Aurora biss die Zähne zusammen und packte das Geländer mit festerem Griff, während sie sich mit ihm und gegen ihn wiegte, ihrem gemeinsamen Tanz ihren eigenen Rhythmus hinzufügte.

Als seine Zunge ihren Weg weit nach innen bahnte, schrie Aurora. Vergeblich versuchte sie, das Geräusch mit ihrem nackten Arm zu ersticken.

«Köstlich», murmelte er in sie hinein, voll von ihr. «Tu das nochmal.»

Verzweifelt bockte sie vor ihm und ließ die Hüften kreisen, seiner pfeilschnellen Zunge, seinen suchenden Lippen entgegen. Als sie dieses Mal kam, schallte der Klang ihrer Erlösung über den Teich und hallte durch sie wider.

«Sehr schön.» Grayson tauchte wieder auf und zog sich die Reithose aus. «Jetzt frag mich nochmal.»

Aurora sog den Anblick der geschwollenen Riesenhaftigkeit seines Schwanzes ein, und ihr Inneres kribbelte erneut voller Vorfreude. «Ich will dich. Ich brauche dich.»

«Du bist leer und frei für mich.»

«Für immer frei.»

Grayson legte sich auf das improvisierte Bett. «Jetzt bist du damit dran, mich zu füllen.»

Anstatt sich sofort auf ihm in Position zu bringen, kniete Aurora sich neben seine Füße und genoss eine kleine Pause voller Vorfreude. Mit provozierender Langsamkeit rieb sie ihre empfindlichen Brüste an seinen rau behaarten Beinen entlang und über seine Hüften. Als sie seine Mitte erreicht hatte, umkreiste sie seinen aufmerksam in Hab-acht-Stellung dastehenden Schwanz, streifte mit ihren Lippen über seine Länge und hörte, wie er als Antwort darauf stöhnte.

Sie suchte aufwärts, erforschte die hohlen Ebenen seines muskulösen Bauches. Das Haar war weicher dort, bildete von seiner Brust hinab einen Pfeil bis um den Nabel. Sie berührte die Weichheit mit ihren Lippen. Welch ein Kontrast. Weich bepelzte Haut. Harter, pulsierender Schwanz.

«Aurora.» Ungeduldig packte er sie, zog sie den Rest des Weges und stieß sich selbst in sie hinein. «Reite mich.»

Ihre Hände streiften sanft über seinen Brustkorb, ließen sich dann auf seinen Schultern nieder, um die Balance zu halten, als sie sich aufrecht über ihm platzierte. Wenn sie sich erhob und rhythmisch niedersank, stöhnte er zustimmend. Das Gefühl der Macht, das Wissen, dass sie ihm Lust bereitete, so wie er sie erfreut hatte, brachte sie in neue Höhen der Ekstase.

Sie beugte sich nach vorne und passte den Winkel ihrer Körper an. Nur um aufs Neue die Reibung seines Schwanzes zu spüren, als er an ihrer Klitoris entlangglitt.

«Ohhhhh.» Noch nie hatte sie eine solche Freiheit gekannt.

Sie bewegte sich, schamlos versuchte sie ihre eigene sinnliche Erfahrung zu intensivieren. Zuerst beugte sie sich nach vorne, dann kreiste sie vor und zurück auf seinem Ding, bis sie ihn, gerade sitzend, auf und ab ritt und dabei die Geschwindigkeit steuerte, mit der er in sie eindrang. Zuerst langsam, dann immer schneller, alles ausprobierend.

«Das magst du?»

«Ja», sagte sie, und drehte sich hin und her. «Aber das mag ich auch. Was magst du am liebsten?» Sie beschrieb Kreise mit ihrer Hüfte.

Er packte ihre Hüften und hielt sie bewegungslos, sodass sie sein geschwollenes Ding in sich pulsieren fühlte. Spielerisch verengte sie ihre Muskeln und drückte ihn mit aller Macht. Er biss seine Zähne zusammen. Sie versuchte, ihre Drehbewegung zu wiederholen.

«Tu's nicht. Ich flehe dich an. Oder es ist alles vorbei.»

«Sicherlich nicht so bald», sagte sie.

«Sicherlich nicht.» Er rollte über sie hinweg und nahm sie dabei mit sich. Sie starrte zu ihm hoch, als er sich über ihr bewegte, sie liebte die Art, wie sich die Muskeln in seinen Armen und seiner Schulter anspannten. Sie streichelte ihn, zögerlich zuerst, dann mit wachsender Intensität, als er zustimmend lächelte.

«Ich habe das Gefühl, dass es dir gefällt, wenn du das Tempo kontrollierst.»

«Was ist falsch daran, wenn die Frau zur Abwechslung einmal die Zügel in der Hand hält?»

«Nichts. Außer dass es ein bisschen peinlich werden könnte für den Mann.» Sein Rhythmus in ihr war stetig und langsam, als er ihn ganz herauszog, sich dann in ihr vergrub. Aurora zog ihre Knie an, um ihn tiefer aufzunehmen.

«Brauchst du mehr?» Er zog ihre Beine hoch, sodass sie auf seinen Schultern lagen.

«Ja!»

«Ich komme nicht, bevor du wieder kommst.»

«Das kann mir nur recht sein.» Indem sie ihre Hüften anhob, richtete sie ihre Klitoris gegen seinen Steifen aus.

«Berühre uns beide», sagte er.

Aurora ließ ihre Hand zwischen ihre glatten, vereinten Körper gleiten und spreizte langsam ihre Finger, um seinen Schwanz zu umfassen und ihre Klitoris zu berühren. Hocherfreut spürte sie ihre vergossenen Säfte, ihre vermischte Feuchtigkeit, die unglaubliche Kraft ihrer Vereinigung. Während sie streichelte, erhöhte Grayson langsam die Geschwindigkeit, mit der er in sie eindrang. Die ganze Zeit beobachtete er sie. Abwartend.

Er musste nicht lange warten. Die Hitze, die Kraft, die Intensität steigerte sich und staute sich auf, bis sie schließlich explodierte. Ihr Körper bäumte sich unter seinem auf, ihr Rücken bog sich, und sie schrie, als sie kam. Er pumpte härter. Sie schrie noch einmal, als er immer noch tiefer eindrang. Ungestüme Kräfte trugen sie beide, als er, mit einem tiefen Stöhnen, seinen eigenen Höhepunkt erreichte und dann auf ihr zur Ruhe kam, vollkommen verausgabt.

Sie spürte das rasende Klopfen seines Herzens gegen das ihre. Die Art, wie sein Atem ihr Gesicht fächelte und ihr Haar in Bewegung versetzte, bis ihr Atem sich langsam beruhigte. Sie fuhr mit ihren Fingern über die Länge seines Rückens und spürte, dass er mit einem unwillkürlichen Ruck reagierte. Sie lächelte in sich hinein, erfreut, dass ihre Berührung ihn immer noch anrührte. Ihre Finger schlängelten sich tiefer, um seine Rückseite zu umfassen, belohnt von seinem tief empfundenen Freudenseufzer. Wieder und wieder fuhr sie seine Wirbelsäule entlang. Schließlich war sein Körper über ihr still.

«Meine Güte.» Aurora massierte seine Schultern, spielte mit einzelnen Locken seines Haares. «Ich habe das Gefühl, du hast dich verausgabt.»

«Das fürchte ich auch. Von jetzt an geht es nur noch bergab.» Er rollte sich auf die Seite und zog sie mit sich, an seine Seite. Sanft neben ihm gehalten, lauschte sie begeistert, wie sich sein Atem im Gleichtakt mit dem ihren hob und senkte.

«Ist es immer so intensiv?», wollte sie wissen.

«Niemals», sagte Grayson.

«Das ist eine Schande», murmelte Aurora. «Vielleicht erfordert es einfach mehr Übung.»

«Vielleicht erfordert es einfach den richtigen Partner zum Üben.»

Würde sie jemals einen Partner haben, der besser für sie war als Grayson? Sie blickte nach oben zum blauen, sonnendurchtränkten Himmel, der den Augenblick in voller Absicht hell erhielt. «Vielleicht kommt es davon, dass wir draußen sind. Anregung durch frische Luft.»

«Nicht zu reden von der Möglichkeit, dass uns jemand entdeckt», bot Grayson mit einem anzüglichen Schmunzeln an.

«Du meine Güte – daran habe ich überhaupt nicht gedacht.» Aurora setzte sich halb auf und wühlte nach etwas, womit sie ihre Blöße bedecken könnte.

«Entspann dich», beruhigte er sie. «Wir haben das einzige Boot. Es ist völlig unmöglich, dass jemand Zeuge unseres Zusammenseins ist.»

«Bist du sicher?»

«Absolut.»

«Und wir müssen nicht zurück, es sei denn, wir wollen es? Wir könnten hier für immer bleiben, wenn wir uns dafür entscheiden würden?» Sie hörte die Wehmut in ihren Worten und versuchte, sie mit einem Lachen abzutun. «Aber dann würde ich womöglich das nächste große Abenteuer verpassen, nicht wahr?» Während sie sprach, ließ sie ihre Finger über seinen flachen Bauch gleiten. Nicht um alles in der Welt hätte sie dieses Abenteuer verpassen mögen.

«Immer lauern unerwartete Überraschungen auf einen», sagte Grayson. «Komm, lass dich abwaschen.»

Sie zog sich zurück. «Ich war schon einmal da drin, und es ist kalt.»

Er sah sie entrüstet an. «Du warst noch nicht mit mir da drin, um dich warm zu halten.»

«Und wie willst du das bitte schaffen?»

«Da wird mir schon etwas einfallen.»

«Und was, wenn ich beichten müsste, dass ich mich ein Leben lang danach gesehnt habe, in solchen gemeinsamen Fluten zu baden?»

«Wenn wir mehr Zeit hätten, würde ich dir das Schwimmen beibringen.»

«Ich bin nicht sicher, dass ich eine begabte Schülerin wäre.» Sie folgte ihm die Stufen hinunter ins Bassin und bis in hüfthohes Wasser. Die Wassertropfen auf seiner Schulter und Brust glänzten in der Sonne wie reine Diamanten auf der sonnengebräunten Perfektion seiner Haut.

Sie schreckte zurück, als er eine Handvoll Sand vom Teichgrund heraufholte und sie sanft damit abrieb. «Was machst du da?»

«Es ist besser als Seife, die Art, wie es die Haut poliert. Nicht dass deine es nötig hätte. Deine glänzt schon wie eine Perle, und fühlt sich an wie Satin.»

«Es fühlt sich wunderbar an. Sehr … stimulierend.» Sie drehte sich um und präsentierte ihm ihren Rücken, damit sie die körnige Zärtlichkeit auf ihren Schultern spüren könnte. Den Rücken hinunter über die Taille hinweg bis zu den Pobacken. Grayson zog sie abrupt zu sich heran, und sie war überrascht zu spüren, wie er sich an ihrer Rückseite regte.

«Ist das Wasser nicht zu kalt für dich, um erregt zu sein?»

«Anscheinend nicht», sagte er. «Ebenso offensichtlich ist die Tatsache, dass du mich erregst wie keine Frau seit sehr langer Zeit.»

Außer sich vor Freude über seine Worte umfasste sie seinen Kopf mit ihren Händen und schmiegte sich an ihn. Sie atmete den Duft ihrer feuchten, nackten Körper ein und genoss dabei die Art und Weise, wie seine harten Muskeln an ihre gerundeten Kurven stießen. Sie rieb sich an ihm, wodurch sie ihn von einer halben zu einer vollen Erektion brachte.

Er beugte sich nach vorn, knabberte an ihrem Ohrläppchen und kühlte die sonnenwarme Haut ihres Nackens. «Ich habe eine Idee.»

Aurora tanzte einen angedeuteten Shimmy vor ihm. «Noch eine gute Idee?»

«Ich bin sicher, du wirst mir zustimmen.»

Auf der Rückseite des Pavillons erhob sich ein großer Felsblock aus dem Wasser. Aurora erlaubte Grayson, sie so davor zu positionieren, dass sie auf den Felsen blickte, die Hände auf seiner warmen Oberfläche abgestützt. Sie seufzte laut, als seine Zunge und Lippen den Grat ihres Rückens vom Po bis zum Hals entlangfuhren und sein Schwanz den Weg zu den wunderbar runden Umrissen ihres Hinterteils fand.

Er fasste zwischen ihre Beine, rieb ihre inneren Lippen und hörte, wie sie tief und heftig einatmete. Sie war noch immer heiß und nass von vorhin, und er drang sanft ein in ihre samtene Süße. Als er sie umfasste und ihre Brustwarzen berührte, spürte er, wie sie sich auf seine Berührung hin in Sekundenschnelle aufstellten. Auf einen frischen Schwall feuchter Wärme folgte ihr kehliges Luststöhnen, und er fuhr fort, an ihrem Hals zu knabbern, während er ihre Brust mit der Hand umschloss und sich in ihr bewegte.

«Berühr dich selbst», sagte er. «Reib deine Klit und steigere deine Lust.»

«Ich bin nicht sicher, dass ich noch mehr Lust vertragen kann», murmelte sie.

«Ich fordere dich heraus, es zu probieren.»

«Einer Herausforderung konnte ich noch nie widerstehen.»

Wieder überraschte sie ihn mit ihrer Erfindungsgabe und Begeisterung. Sie berührte nicht nur sich selbst, sondern streichelte seine Eier und Schwanzwurzel. Irgendwie schaffte sie es, den unglaublich empfindlichen Punkt zwischen seinen Hoden und dem Anus zu finden. Als ihr Daumen ihn dort sanft berührte, spannte er sich an und kämpfte um seine Selbstbeherrschung.

«Ich sagte, berühr dich selbst», presste er zwischen zusammengebissenen Zähnen hervor.

«Später. Im Moment bereitet es mir viel zu viel Vergnügen, dich zu berühren.»

Ihre Empfänglichkeit machte ihn schier wahnsinnig. Er drückte ihre Nippel mit seiner Handfläche flach und spürte dabei ihre knospende Härte. Sie fühlte sich so unglaublich an. Alles an ihr. Das gerundete Hinterteil. Die blassen Glieder. Der verwundbare Hals. Er knabberte an diesem süßen Fleck, während er eine Hand zwischen ihre Beine gleiten ließ, um sie auf dieselbe schamlose Art zu berühren, wie sie ihn berührte.

Sie schnappte nach Luft, als er sich langsam bewegte, den Winkel seiner Penetration veränderte und die Geschwindigkeit wechselte. Er ahmte ihre frühere Drehbewegung nach, verweilte tief, füllte sie, machte sie genauso wild wie sie ihn.

Sie war so heiß. So feucht. So eng. Alles, was er tun konnte, war atmen. Sich konzentrieren. Ihren Rhythmus aufzunehmen, als ihr Orgasmus sich aufbaute, und seine Geschwindigkeit an ihre anzupassen. Er passte den Zeitpunkt haargenau ab, sodass er mehr als bereit war, als ihre Muskeln anfingen, sich anzuspannen, sich um seinen scharfgemachten Schwanz verengten und so den Anfang vom Ende ankündigten. Er hörte den befreienden Schrei nur Sekunden bevor er spürte, wie er selbst in ihr explodierte, überwältigt von den Säften ihrer Lust.

Sechs

Als Aurora in ihr Zimmer zurückkehrte, fand sie ein fertiges Bad vor, das zusammen mit einem kunstvoll über ihr Bett drapierten waldgrünen Umhang plus Maske auf sie wartete. Bei diesem Anblick konnte sie einen Schauer der Vorfreude auf die bevorstehenden Abenteuer des Abends nicht unterdrücken.

Die Festivitäten waren bereits in vollem Gange, als sie das Bad genommen, ein Nickerchen gehalten und sich bei dem Tablett mit Essen bedient hatte, das ihr vor die Tür gebracht worden war. Sorgte Grayson für ihre Bedürfnisse? Oder wurden alle Gäste so behandelt? Mehrere Stunden waren vergangen, und schon war sie scharf darauf, ihn wieder zu sehen, mit ihm als Partner diese bizarre Sonnwendfeier zu erleben.

Tanzmusik schallte aus dem Ballsaal, und sie folgte dem in die Beine gehenden Rhythmus von «Hot Time in the Old Town». Die Gäste waren offensichtlich darauf aus, eine heiße Zeit zu erleben. Vor allem jene, die auf ihren eigenen, noch weit intimeren Tanz konzentriert waren, die ihre Spielchen auf der Treppe oder im Flur trieben. Sie gab sich wirklich Mühe, nicht hinzustarren – sie war sich sehr wohl der Art und Weise bewusst, wie sie und Grayson vorhin ihren eigenen, speziellen Rhythmus gefunden hatten.

Wo war Grayson? Warum wartete hier unten kein passender waldgrüner Partner auf ihren Auftritt? Sie fühlte sich verdächtig allein, als sie an einem burgundergewandeten Paar vorbeischritt, das in einer Umarmung umschlungen dastand und wahrscheinlich von ihrer Gegenwart überhaupt nichts mitbekam.

Das Erdgeschoss des Herrenhauses wurde von flackernden Wandleuchtern und raffinierten Kandelabern erleuchtet, die der Versammlung eine unheimliche Aura der Unwirklichkeit verliehen und sie an eine Bühneninszenierung erinnerten.

Das gesamte Wochenende hatte die Atmosphäre eines Theaterstücks in einem Theaterstück. Selbst Aurora, keine Fremde in der Welt des Theaters, hatte ziemliche Schwierigkeiten, die Realität aus der Illusion herauszusieben. Es war beunruhigend. Denn obwohl nichts wirklich real wirkte, musste manches es doch sein. Traf sonst noch irgendjemand diese Unterscheidung? Sie schlich an zwei Frauen in Federmasken und Kopfschmuck vorbei, die sich küssten und umarmten – beobachtet von zwei Männern, die die passenden Farben trugen.

Als sie in der Tür zum Ballsaal innehielt, wurde Aurora von einem betrunkenen Paar in leuchtendem Lila angerempelt, das in einer Wolke aus Alkoholausdünstungen vorbeitorkelte. Der Raum, in den sie drauf und dran war einzutreten, war ein ruheloses Meer aus kreisenden Farben und überbordender Energie. Nirgendwo in diesem Sündenpfuhl konnte sie einen einsamen grüngekleideten Mann entdecken, der ungeduldig auf ihr Erscheinen wartete.

Aurora nahm ein Glas Champagner von einem vorbeikommenden Kellner an und beobachtete den *Rose and Thorn*-Club in all seiner geheimen Pracht. Carte blanche für Promiskuität, aufgepeppt mit und verdeckt durch die kreative Freiheit. Wirklich ein geniales Konzept.

Ein Mann in einem Harlekinkostüm wedelte mit einem Zauberstab und ließ einen Schimmer regenbogenfarbener Blasen durch die Menge wabern. Die Gäste applaudierten und hoben ihre Hände in dem Versuch, die flüchtigen Schönheiten zu erhaschen, die sich langsam in Luft auflösten, eine nach der anderen. So flüchtig wie ihr abwesender Gastgeber.

«Tanzen?»

Aurora flog herum und fand sich gegenüber breiten, maskulinen Schultern, gehüllt in Waldgrün. Dunkle Augen blitzten sie hinter der Maske hervor an.

«Das wurde aber auch Zeit. Ich hatte schon gedacht, du hättest mich im Stich gelassen.» Sie trat näher, dann hielt sie inne. Falsche Augen. «Sie sind nicht Grayson.»

«Irgendwie hatte ich schon das Gefühl, dass Sie sich nicht lange würden täuschen lassen. Gray wurde aufgehalten. Er sandte mich stattdessen.»

Sie runzelte die Stirn. «Beau?»

Der Mann vor ihr lachte. «Wohl kaum. Ich bin Randall Ames, Grays rechte Hand und Mädchen für alles. Obwohl er den Leuten erzählt, ich sei sein Sekretär, sind wir in Wirklichkeit sehr gute Freunde.»

«Dann schlage ich vor, dass Sie Ihrem guten Freund eine Nachricht überbringen.» Aurora tippte dem Mann auf den Umhang über seiner Brust, um ihre Worte zu unterstreichen. «Sagen Sie ihm, dass ich keine austauschbare Gliederpuppe bin wie seine anderen Gäste, die an den Meistbietenden versteigert werden.»

«Aurora, das war nicht seine Absicht. Gray wollte nicht, dass Sie allein gelassen würden. Er kommt, so schnell er kann.»

«Und in der Zwischenzeit?»

«In der Zwischenzeit bin ich kein allzu schlechter Tänzer und Gesprächspartner.»

«Ich bin durchaus in der Lage, für mich selbst zu sorgen.»

«Dieser Haufen hier ist ein wenig unberechenbar.»

«Grayson etwa nicht?»

Der Mann vor ihr lachte, ein männliches Prusten ehrlicher Belustigung. «Gut gekontert. Ich kann verstehen, warum Grayson sie beeindruckend findet.»

«Beeindruckend. Hat er diesen Ausdruck gebraucht?»

«Allerdings, beginnend mit Ihrer unorthodoxen Anreise.»

«Wenn es Ihnen nichts ausmacht, dann schlage ich Ihr großzügiges Angebot aus und amüsiere mich selbst, indem ich die anderen beobachte.»

«Wie Sie wünschen. Aber bedenken Sie, die Dinge sind niemals genau das, was sie zu sein scheinen.»

Aurora nickte zustimmend. «Beginnend mit Mr. Thorne selbst.»

«Gray hat eine Menge, mit dem er an diesen Tage fertig werden muss.»

«An diesen Tagen – im Unterschied zu anderen?»

«Da liegen Sie selbstverständlich richtig. Er nimmt seine Verpflichtungen äußerst ernst.»

«Ich habe nicht das Bedürfnis, als eine seiner Verpflichtungen betrachtet zu werden.»

«Das werde ich ihm auf jeden Fall sagen.»

Aurora trat durch die offenen Flügeltüren in den symmetrisch angelegten Innenhof, der teilweise von flackernden Fackeln erleuchtet war. Sie konnte das nahe Plätschern eines Springbrunnens im Schatten hören.

Sie schwenkte nach rechts, schlüpfte in ihr eigenes Schattenreich, außer Sichtweite für jeden, der sie beobachten mochte. Sie holte tief Luft. Scharfer Zigarrenrauch übertönte den Duft des Gartens. Ein Schatten bewegte sich auf der Bank vor dem Springbrunnen und verwandelte sich in ein Paar beim Stelldichein. War der Besitzer der Zigarre ein heimlicher Beobachter? Oder beobachtete er sie? Dieser Gedanke war verstörend. Aurora verkroch sich tiefer in den Schatten und ließ sich auf einer steinernen Bank nieder, von der aus sie beobachten konnte, ohne selbst gesehen zu werden.

Von ihrem Aussichtspunkt aus sah sie hinauf zum Mond. Wenn er auch heute noch nicht ganz voll war, so wäre es doch morgen Nacht so weit. Sie konnte das kühle, geheimnisvolle Licht sehen, die marmornen, bläulichen Züge in seinem runden Gesicht, und fragte sich, warum er nie glücklich aussah.

Vielleicht weil die Sonne mehr Verehrung und Anbetung genoss. Dennoch verehrten manche Kulturen den Mond mehr als die Sonne. Sie huldigten ihm, weil die Mondmutter ihr Licht in der Nacht spendet, wenn es am Nötigsten gebraucht wird, während die Sonne nur am Tag scheint.

Sie war ein Eindringling. Gehörte dem Club nicht an. Auch keinem anderen Teil von Grayson Thornes Welt. In Celeste Graysons Bett zu schlafen und die Garderobe dieser Frau zu plündern erschien ihr ebenso falsch wie die Art, in der sie sich selbst jetzt nach Grayson sehnte. Seiner Gegenwart. Seinem Kuss. Seiner Umarmung.

Er hatte ihr heute Nachmittag eine Fluchtmöglichkeit angeboten, die sie abgelehnt hatte, versessen auf die körperlichen Freuden, die sie das erste Mal in ihrem Leben entdeckte. Wenn sie wirklich das Verlangen gehabt hätte, Teil der Feierlichkeiten zu sein, hätte sie sich unter die anderen Gäste gemischt, mit oder ohne Grayson an ihrem Arm.

Verflucht sei der Mann und seine wirkungsvolle Art, sie von dem Grund abzulenken, aus dem sie hier überhaupt aufgetaucht war. Sie hatte nicht die Absicht, in irgendeiner Form ein «Nein» hinzunehmen. Er konnte ihr das Theater vermieten, es ihr verkaufen oder ihr Partner beim Theater werden. Aber auf die ein oder andere Weise würde das Theater bestehen bleiben. Sie würde weiterhin bewegte Bilder zeigen.

«Ich entschuldige mich für die unvermeidliche Verspätung. Und die Tatsache, dass Sie Anstoß daran genommen haben, dass ich statt meiner Randall geschickt habe.»

Es dauerte einen Moment, bis Aurora registriert hatte, dass sie sich seine Gegenwart, seine Worte nicht eingebildet hatte. Dass er wirklich war und neben ihr stand.

Aurora erhob sich. Sie konnte Grayson nicht den Vorteil erlauben, über ihr zu stehen. «Ich bin nicht daran gewöhnt, mich so fehl am Platze zu fühlen wie unter Ihren Gästen.»

«Komm, komm, Aurora. Diese Frauen sind deine Altersgenossinnen. Ich bin sicher, dass du mit einigen von ihnen zusammen auf der Bühne gestanden hast.»

«Ich schäme mich nicht für meine Vergangenheit.»

«Das solltest du auch nicht.»

«Wir wurden nicht alle mit dem Vorteil geboren, ein Vermögen zu besitzen.»

«Nein. Du zum Beispiel hast es geheiratet.»

Aurora versteifte sich. Woher wusste er so viel über sie? «Ich habe Hubert nicht seines Geldes wegen geheiratet.»

«Du hast ihn aber auch nicht wegen seiner Charakterstärke geheiratet.»

Aurora wusste keine Antwort – Grayson sagte nichts als die Wahrheit.

«Ich dagegen bin gut darauf vorbereitet, dich in jeder Beziehung so zu schätzen, wie ein Mann eine schöne Frau zu schätzen weiß. Ob Wein oder Frau, mir ist es wichtig, mich niemals mit weniger als dem Besten zufriedenzugeben.»

«Du amüsierst dich auf meine Kosten.»

«Und da hatte ich das Gefühl, dass das Vergnügen auf Gegenseitigkeit beruhte.»

Das *hatte* es allerdings – und zwar entschieden zu extrem, ziemlich genau wie ihr Gastgeber. Zuerst sehnte sie sich nach seiner Gegenwart, jetzt konnte sie nicht erwarten, ihr zu entkommen.

«Ich überlasse dich deinen Gedanken.» Aurora machte einen plötzlichen Abgang und verlor sich bald im Garten, die Musik wurde schwach in der Entfernung. Wo war sie? Ihre neue Umgebung wirkte verwirrender als ein Labyrinth.

Sie verlor jegliches Gefühl für die Zeit, während sie zuerst in die eine, dann in die andere Richtung ging. Schließlich machten die Bäume Platz für eine offene Wiese, die silberfarben im Mondlicht glänzte und einen Hang hinauf in tiefsten Schatten getaucht war. Eine schwache Brise flüsterte durch die wogenden Gräser. Der Mond hinterleuchtete die beeindruckenden

Umrisse eines einzeln stehenden, dickstämmigen Baumes, der die Lichtung dominierte. Selbst der Baum erinnerte sie an Grayson, den Herrn und Meister all dessen, was er überblickte. Erst als sie näher herankam, sah sie die Silhouette einer Schaukel, die an einem starken Ast aufgehängt war. Welcher launenhafte, verspielte Geist hatte ein solches Vergnügen ersonnen?

«Nur zu. Sie ist sicher genug.»

Sie wirbelte herum und fand sich Grayson gegenüber, lautlos nahe. «Wirst du nie überdrüssig, mir zu folgen?»

«Ich verspüre eine gewisse Verantwortung für deine Sicherheit.»

«Was gibt dir Anlass zu denken, ich wäre jemals sicher in deiner Gegenwart?»

Sie hörte ihn stoßartig ausatmen. «Was gibt dir Anlass zu denken, ich fände Sicherheit in deiner?»

Könnte es sein, dass sie ihn ebenso durcheinanderbrachte wie er sie? «Ich glaube, dein Freund sagte, du fändest mich beeindruckend.»

«Beeindruckend ist erst der Anfang.»

«Wenn beeindruckend der Anfang ist, wo könnte es enden?»

«Wer sagt, dass es enden muss?»

«Alles ist endlich, Grayson. Das Leben. Die Ehe. Ein Rendezvous. Ein Wochenende außerhalb der Zeit.»

Er nahm ihre Hand. «Nicht hier und nicht jetzt. Ich glaube, wir schaffen uns unser eigenes Schicksal.»

Mach weiter, flüsterte ihr verräterischer Körper. *Du bekommst nie wieder die Chance, so etwas wie das hier zu erleben.* Sie hatte ihr Leben damit verbracht, diverse Rollen und Dinge für alle anderen zu übernehmen. Zuerst hatte sie versucht, es ihrem Vater recht zu machen, weil ihre Mutter gestorben war. Dann all die Dinge für Hubert zu tun, derer er nicht fähig war. Selbst die bewegten Bilder waren ihrem Vater gewidmet. *Nur dieses eine Mal, sei selbstsüchtig. Stelle deine eigenen Bedürfnisse an die erste Stelle.*

«Ich kann nicht», flüsterte sie. «Ich weiß nicht, wie.»

Wie wäre es denn damit? Grayson braucht dich mehr, als du ihn brauchst.

Die Wahrheit traf sie wie der Schlag und hinterließ bei Aurora das Gefühl, als wenn ein tonnenschweres Gewicht von ihren Schultern genommen war. Das war etwas, was sie tun konnte, wenn sie nur gebraucht wurde. Und als sie Grayson im Mondlicht beobachtete, die Art sah, wie er sie beobachtete, verschwand alles Zögern.

Der Mond war ihr einziger Zeuge, als sie in den Kreis seiner Umarmung hineintrat und ihr Gesicht nach oben wandte, begierig auf seinen Kuss. Als er sie zu sich heranzog, spürte sie, dass er unregelmäßig ausatmete, und wusste, dass sie die richtige Entscheidung getroffen hatte. Denn er war sich ihrer überhaupt nicht sicher gewesen. Sie fühlte die ersten Wellen des Begehrens durch ihn und in sie hinüberrollen, aufs Neue beeindruckt davon, wie gut ihre Körper zusammenpassten. Die sofortige Vorfreude in ihren weiblichen Körperteilen wollte, brauchte, verzehrte sich nach allem, was er zu geben hatte. Würde sie dieses Mannes jemals müde werden? Sättigung erreichen?

Ihre Haut kribbelte, ihre Brüste flehten nach seiner Berührung, und ihre Lippen tranken gierig von seinen, während sie ihn so eindringlich berührte, wie er sie berührte. Er umfasste ihren Hintern, hielt sie fest an sich gepresst und ließ sie wissen, dass er sie mit gleicher Leidenschaft begehrte.

«Ich habe vergessen, dir die Umhänge zu erklären.»

«Du hattest gesagt, dass unsere Farben zueinander passen würden.»

«Die anderen Gäste sind nackt darunter. Viel praktischer.»

«Bist du nackt darunter?»

«Das werde ich im Handumdrehen sein.»

Mutig alle Vorsicht in den Wind schlagend, folgte Aurora Graysons Beispiel und legte ihre Kleidung ab, bis alles, was übrigblieb, ihre Maske und der Umhang war. Sie fand das sinnliche Rascheln des schweren Satinfutters auf ihrer bloßen Haut unglaublich erotisch. Genau wie das geheime Flüstern der Brise, die durch die Gräser ging. Jeder einzelne Grashalm kitzelte aufs angenehmste ihre Beine, während die Brise ihre bloße Haut neckte.

«Sie führen mich allerdings in neue Ebenen der Kühnheit ein, Mr. Thorne.» Sie wirbelte ausgelassen herum, berauscht von ihrer neuentdeckten Freiheit.

«*Gott helfe uns allen*», sagte Grayson. «Kletter mit mir auf die Schaukel. Wir machen uns auf den Weg zum Mond.»

Der Mond lächelte auf sie hinunter, als Grayson es ihr an Bord bequem machte. Sie saß auf seinem Schoß, mit dem Gesicht zu ihm, ihre bloßen Beine über seine Hüften gespreizt. Als sie die Seile packte, ihre Hände unter seinen, lief erneut ein Schauder der Vorfreude durch sie hindurch.

«Alles an Bord. Und losgeht's.»

Unter ihnen schien der Boden zu verschwinden. Sie flogen in den Himmel hinein und nahmen Geschwindigkeit auf, während sie über das mit Mondlicht gesprenkelte Feld segelten.

«Warum habe ich das Gefühl, dass alles möglich ist? Einschließlich, den Mond zu erreichen?» Aurora konnte spüren, wie die Hitze auf Graysons Haut die ihre erwärmte. Die mondgeküsste Nachtluft fügte ihre magische Zärtlichkeit hinzu, während die Bewegung der Schaukel sie höher und immer höher hinauskatapultierte.

«Jetzt, wo wir keine Kleider tragen, die uns behindern, habe ich schon wieder eine Idee», murmelte Grayson.

«Ich muss zugeben, dass ich deine Ideen langsam zu schätzen lerne», erwiderte Aurora.

«Ich bin zuversichtlich, dass diese dir mehr als alle anderen gefallen wird.»

Beim Sprechen fasste er nach unten und streichelte sie zwischen ihren Beinen. Unter seiner Berührung öffnete ihr Körper sich wie eine Blume, gewährte ihm Zugang zu ihrer Seele selbst.

«Du bist atemberaubend im Mondlicht. Dein Haar verwandelt sich von Rotgold in Silberbronze. Deine Augen verbergen deine Geheimnisse, obwohl sie deine Sehnsüchte offenlegen.»

«Welche Sehnsüchte siehst du?»

«Die Art, wie du so nass wirst, in dem Augenblick, in dem ich dich berühre. Du flehst danach, dass ich dich kommenlasse, dennoch forderst du mich dazu heraus, dich vor Bedürftigkeit zittern zu lassen, indem ich dir die letzte Erleichterung verwehre. Du willst mich tief in dir haben. Du sehnst dich danach, dass ich dich so vollkommen wie möglich besitze. Du möchtest mich in den tiefsten Tiefen deiner Seele spüren.»

«Ja.» Woher wusste er das? Es schien so, als habe er schon immer gewusst, was genau sie brauchte, besser als sie selbst. Hatte auch er den Verdacht, so wie sie, dass ihre vollkommene Besessenheit voneinander niemals genug sein würde?

Sie würden beide immer neue Höhen erreichen wollen, neue Herausforderungen meistern und aufbrechen zu neuen Abenteuern. Dennoch existierte hier und jetzt nichts als sie beide. Und das war alles. Alles, was sie jemals brauchen würde.

Er packte ihre Hüften und hob sie hoch. In dem Wissen, dass sie in seinen Armen auf ewig sicher wäre, ließ sie die Schaukel los und schlang ihre Arme um seinen Körper. Sie bezog Wärme von seiner Haut und Kraft aus seiner Person, zusammen mit einem Ausbruch frischer Leidenschaft.

Sie konnte ihn spüren, steinhart und heiß, auf der Suche nach ihrer Wärme. Sie rückte ein wenig hin und her, glitt an seiner Länge entlang, befeuchtete ihn mit ihrem flüssigen Verlangen und spürte eine plötzliche Genugtuung, als sein Griff um sie fester wurde.

Ihre Münder grüßten einander, leckten, schmeckten, verzehrten einander in einer fieberhaften Leidenschaft, die ihr den Atem nahm. Sie bemühte sich darum, ihm näherzukommen, in seine Seele selbst einzudringen, so wie er in ihre eingedrungen war.

«Halt still!», stieß er hervor, seine Stimme rau vor Begierde.

«Wie kann ich … oh», hauchte sie mit einem rauchigen Seufzer, als er den Weg in sie hinein suchte und fand. Aurora hielt den Atem an, als sie die unglaubliche Energie spürte, die hre Vereinigung gemeinsam mit der schwingenden Bewegung der Schaukel auslöste.

«Du meine Güte!» Wellen der Verzückung bahnten ihren Weg durch ihren Körper, verstärkt durch die Hitze. Ihre Bewegung. Die Art, wie das Mondlicht sie in einen Schimmer der Unwirklichkeit tauchte. Es war zu viel! Zu intensiv – dieser Ort, wo nichts real war, doch alles existierte.

Die Schaukel.

Die Sterne.

Ihr Geliebter.

Als sie spürte, wie Grayson sich in ihr bewegte, ein Teil von ihr wurde, den sie nie wieder hergeben wollte, antwortete sie mit einer Beschleunigung ihrer eigenen Bewegung, ritt ihn in das nächste Universum. Sie spürte, wie seine pulsierende Länge in sie hinein- und aus ihr herausglitt – in der gleichen sanften Bewegung wie die Schaukel. Ihr Inneres spannte sich an, wollte festhalten, selbst als sie losließ.

Dann zerbrach sie in eine Million glänzender Teile, und alle von ihnen schossen in den Himmel hinauf, um dort zu verweilen und sie zu einem der glänzendsten Juwelen des Himmelszeltes zu machen. Und ließen ihre sterbliche Hülle verausgabt und zitternd in Graysons Armen zurück, als die Schaukel langsamer wurde und sie behutsam in die Wirklichkeit zurückbrachte.

«Du hast mich mitgenommen», sagte er. «Wo auch immer das war, wo du hingegangen bist.»

«In den Himmel und darüber hinaus», murmelte sie.

«Sollen wir schauen, ob wir das alles noch übertreffen können?»

Erneutes Begehren baute sich tief in ihrem Bauch auf und strahlte in ihre Glieder aus. «Was immer du dir wünschst.»

«Ich wünsche mir nichts mehr, als dir Lust zu bereiten.»

Er betonte seine Worte, indem er sie aus der Tiefe hervorbrachte und ihr damit den Atem nahm. Er hielt ihre Beine und nutzte die Hebelkraft, knetete ihre Oberschenkel, die leichteste Berührung seiner Haut eine weitere Verstärkung für ihren Erregungszustand, bei dem sie ihren Verstand vollkommen ausgeschaltet hatte. Sie hob ihre Hüften, bewegte sich zuerst mit ihm, dann gegen ihn, dann wieder mit ihm. Sie spürte ihn in jeder Faser ihres Seins, genoss die Art, wie er sie ausfüllte, sie vervollständigte. Auf all die Arten, wie eine Frau sich wünscht, von ihrem Geliebten berührt zu werden, innen wie außen. Ihre Atmung wurde schneller. Ihre Muskeln pressten sich um seine pulsierende, stoßende Länge, als sie gemeinsam ihr eigenes Fieber der Ekstase schufen.

Sie hatte sich geirrt, dachte Aurora, als sie in das sternenerleuchtete Universum hinaufstarrte. Sie hatte gedacht, dass ihre körperliche Vereinigung nie genug sein könne. Aber so wie er sie erfüllt und sie ihn erfüllt hatte, hatten sich, zusammen mit ihren Körpern, auch ihre Herzen und Seelen umarmt.

Wenn das alles ein Traum war, war es einer, aus dem sie niemals erwachen wollte.

Sieben

Aurora rührte sich, sträubte sich dagegen, in naher Zeit in die Wirklichkeit zurückzukehren. Ihre Sorgen, ihre Verpflichtungen wegschaukeln, hier und jetzt, eng umschlungen in Graysons Armen …

Sie zog sich ein wenig zurück und schüttelte sich selbst geistig durch. Seit wann war sie jemand, der sich treiben ließ, irgendeinen Mann ihr Leben in die Hand nehmen ließ? Nur weil Grayson der Typ war, der gerne alles unter Kontrolle behielt und auch gut darin war, hieß das nicht, dass er die völlige Kontrolle über sie haben sollte.

Zweifellos war er der Verantwortung genauso müde, wie sie selbst es war. Dieses Gut zu sehen, das er unterhielt, die Legionen von Bediensteten, für die er die Verantwortung trug. Gar nicht zu reden davon, dass er sich obendrein noch um seinen Bruder kümmern musste, zu Hause alles am Laufen halten, während seine Schauspielermutter sich herumtrieb. O ja. Aurora wusste genau, wie es war, die Lasten von anderen Leuten zu schultern, die sich auf einen verließen.

Gray spürte, wie sie sich regte, und zog sie wieder an sich, aber auf eine ermunternde Art und Weise. «Wo willst du so schnell hin?»

«Hmmmmmm.» Wie schön, sich an seine breite Brust zu lehnen und so zu tun, als gäbe es nichts von Bedeutung außer dem Hier und Jetzt. Zu schön. Vielleicht war das ein Grund, warum sie nicht abgereist war, als er ihr heute früh die Möglichkeit dazu gab. Wenn dies ein Augenblick außerhalb der Zeit war, so wollte sie ihn bis auf den letzten Tropfen ausquetschen.

«Ich muss zugeben», sagte sie. «Als ich gestern an Bord dieses Heißluftballons kletterte und wir losflogen, hegte ich die heimliche Sehnsucht, einfach nur weiterzufliegen, nie zurückzugehen. Gerade jetzt habe ich ähnliche Bedürfnisse – einfach nur so zu bleiben, herausgehoben aus den täglichen Pflichten.»

«Hast du viele tägliche Pflichten?»

«Nicht mehr als die meisten, würde ich vermuten. Zweifellos weniger als du.»

«Warum sagst du das?»

«Na ja. Ich habe deinen jüngeren Bruder getroffen. Ich kenne den Ruf deiner Mutter. Ich habe mit deinem Freund Randall gesprochen und aus erster Hand die Größe und den Rahmen deines Landgutes gesehen. Welches zufällig gerade von den berüchtigten Mitgliedern des *Rose and Thorn*-Clubs überrannt wird.»

«Ich muss zugeben, dass ich mich in diesem Moment nicht im Geringsten damit belastet fühle. Ich bin vollkommen hingerissen von meiner Begleiterin.»

«Dennoch, die Pflichten lauern da draußen – wie irgendein feuerspeiender Drache, den zu töten man sich aufmachen muss.»

«Du hast deinen schon erlegt, wenn ich das richtig sehe?»

«Meine Mutter starb, als ich zehn war. Mein Vater kam nie wirklich darüber hinweg.»

«Also legte er sein Schwert nieder, und du nahmst es auf, so schwer es auch war für ein Kind.»

Sie nickte. Tränen kribbelten hinter ihren Augen, als sie den eigroßen Kloß in ihrer Kehle herunterschluckte. «Er war seiner Zeit in so vielem voraus und wurde häufig verspottet bei seinen Versuchen, eine neue Art von Kamera zu entwickeln. Eine, die Bewegung einfangen würde, nicht nur statische Bilder.»

«Erfand er den Kinematographen?»

«Leider nein. Seine Melancholie und Frustration nahmen

den besten Teil von ihm. Aber ich möchte bewegte Bilder zeigen und die Erinnerung an ihn ehren, an seine Träume.»

«Warum mein Theater?»

«Es ist zu schön, um abgerissen zu werden. Es verdient ein zweites Leben.»

Sie erzählte ihm nichts von ihren persönlicheren Gründen: wie das Theater für sie eine Zeit symbolisierte, in der alles in ihrer Welt in Ordnung war, ihre Mutter, ihr Vater und sie zusammen dort auf der Bühne. Wenn das Theater abgerissen würde, hätte sie das Gefühl, ihre Träume würden mit abgerissen werden.

«Ich gebe dir mein Wort, am Ende des Wochenendes werde ich meine Antworten haben, und dann hast du die deine.»

Aurora wusste, dass er von etwas für ihn sehr viel Wichtigerem sprach als nur der Zukunft eines Gebäudes.

Die Schaukel verlangsamte sich bis auf ein bloßes Ruckeln und kam zum Stehen. Grayson glitt auf die Füße, Aurora immer noch um ihn gewunden. So trug er sie dahin, wo sie ihre Kleider abgelegt hatten. Warum schien das eine Ewigkeit her zu sein?

«Du brauchst nicht zur Party zurückzugehen, wenn du nicht möchtest.»

«Werde ich wie ein Kind auf mein Zimmer geschickt?»

«Ich habe langsam das Gefühl, dass weder du noch ich bislang sehr viel Möglichkeiten hatten, uns kindisch zu benehmen. Selbst als wir Kinder waren.»

Seine Worte waren viel zu nah an der Wahrheit. Woher hatte Grayson bei ihrer kurzen Bekanntschaft Dinge über sie erfahren, auf die noch nie jemand anderes gekommen war?

Mit Grayson als Vorhut war die Rückkehr zum Herrenhaus leicht vollbracht, das Mondlicht ihre einzige Beleuchtung.

«Die Party wirkt ziemlich unanständig», murmelte Aurora, als sie den symmetrisch gestalteten Innenhof erreichten. Fackellicht beleuchtete ein nacktes Paar, das im Springbrunnen seine Spielchen miteinander trieb. In einem Wasserfall aus Schaum und Seifenblasen kreischten und spritzten sie und tollten ausgelassen herum – von ihrem Publikum ließen sie sich überhaupt nicht stören.

«Wie werden die Blasen hergestellt?», fragte Aurora. «Ich habe vorhin welche gesehen. Sie wirkten wie von Zauberhand gemacht.»

«Ein kleines Elixier, das meine Haushälterin einmal am Waschtag entdeckte. Ich wusste, das hier wären die richtigen Leute, sie zu schätzen.»

«In der Tat.»

«Hier bist du, Gray. Ich habe überall nach dir gesucht.»

Wie konnte der Fremde Grayson erkennen? Aurora fragte sich das. Natürlich war er größer als die meisten Männer, aber seine Größe allein war kein ausreichendes Unterscheidungsmerkmal.

«Was ist denn, Randall?»

Aurora entspannte sich. Natürlich. Randall musste ja wissen, welche Farbe sein Freund trug, da er vorhin für ihn eingesprungen war.

«Es geht um Julian. Er ist ziemlich betrunken, ziemlich streitlustig. Behauptet, jemand wäre mit seiner ‹Verabredung› durchgebrannt.»

«Lass mich raten – dieser jemand ist zweifellos Beau.»

«Alle anderen scheinen glücklich mit einer Partnerin versorgt zu sein. Julian ist ziemlich verärgert.»

«Wo ist er jetzt?»

«Ich habe mir die Freiheit genommen, ihn mit einer Flasche Brandy in deinem Arbeitszimmer einzuschließen, bevor er die anderen Gäste belästigt.»

«Ich geh hin und seh nach, ob ich ihn beschwichtigen kann.» Er wandte sich an Aurora. «Kann ich darauf vertrauen, dass Sie sich in meiner Abwesenheit von Schwierigkeiten fernhalten?»

Sie empörte sich. «Ich gehe nicht los und suche Ärger. Er schafft es höchstens, mich zu finden.»

«Hab ein Auge auf sie, ja, Randall?»

Aurora streckte Graysons davoneilendem Rücken die Zunge heraus, dann schlug sie sich mit der Hand vor den Mund, denn ihr war bewusst geworden, wie kindisch das war. Sie wandte sich an Randall in der Hoffnung, dass er nichts gesehen hätte. «Beau habe ich vorhin kennengelernt, aber wer ist Julian?»

«Julian hat zusammen mit Grays Vater daran mitgewirkt, dass der Club gegründet werden konnte. Er ist außerdem Grays Patenonkel.»

«Sie kennen die Familie wohl schon lange.»

«Ich kenne Gray seit der Schulzeit. Mein eigener Vater hat das Geld der Familie durchgebracht. Als Gray all das hier erbte, brauchte er jemanden, dem er trauen konnte.»

«Ich habe den Eindruck, dass er nicht allzu vielen Menschen vertraut.»

«Er ist von Natur aus vorsichtig.»

«Sagen Sie mir, nimmt er jemals seine Maske ab?»

«Die Masken gehören zum *Rose and Thorn*.»

«Diese Maske meinte ich nicht. Er gibt nur sehr wenig von sich preis. Und beobachtet sehr viel.»

«Die Thornes und die Graysons haben ihre Leichen im Keller, genauso wie jede andere Familie auch. Sie werden herausfinden müssen, was Sie von Gray wissen wollen.»

«Ich wollte nicht herumschnüffeln.»

«Sie sind neugierig. Ich mach Ihnen da keinen Vorwurf – es ist schon ein merkwürdiger Haufen. Vor allem diese Besetzung hier, dieses Wochenende.»

Aurora glättete die Kanten ihrer Maske aus Satin. «Menschen handeln anders, wenn sie sich in sicherer Anonymität wähnen.»

«Wir alle haben etwas zu verstecken. Nacktheit ist nun einmal enthüllend. Sie macht uns verwundbar.»

«Niemand kann Gray vorwerfen, verwundbar zu sein.»

«Nein. Aber, unter uns gesagt, ich glaube, es würde ihm unglaublich guttun, seine eiserne Selbstkontrolle zu zerschmettern.»

«Graysons Stärke ist ein integraler Bestandteil seiner Persönlichkeit.»

«Doch nichts kommt ohne ein Preisschild, nicht wahr?»

Und der Preis, den es Grayson kostete, stark zu sein, stark zu bleiben – war es derselbe wie bei ihr oder ein anderer? Sie wechselte das Thema. «Sie haben mir vorhin angeboten, mein Partner auf der Tanzfläche zu sein. Gilt das Angebot noch?»

«Mit Vergnügen.» Er bot ihr seinen Arm, ein wenig zu lebemännisch für Auroras Geschmack. Oder vielleicht verglich sie ihn einfach nur mit Grayson. Zweifelsohne würde sie von jetzt an jeden Mann, den sie kennenlernte, mit Grayson vergleichen. Und alle waren dazu verurteilt, den Kürzeren zu ziehen.

«Sie haben sich nicht umsonst mit ihren Fähigkeiten auf der Tanzfläche gebrüstet», sagte Aurora, als Randall sie meisterhaft zwischen den anderen Paaren herumwirbelte.

«Es ist ein Talent, das zu praktizieren ich in letzter Zeit wenig Gelegenheit hatte.»

«Warum ist das so?»

«Keine schöne Frau, um mich zu ermutigen.»

«Sie flirten mit mir.»

«Sie haben recht. Darf ich beichten, dass es mir gefällt? Ich glaube nicht, dass ich mich je schon einmal dem müßigen Flirten hingegeben hätte.»

«Sie und Grayson nehmen das Leben viel zu ernst. Flirten ist ein Geschenk, das man einander machen kann.»

«So habe ich das bisher noch nie gesehen.»

Sie lächelte. «Ich glaube, ich könnte Ihnen eine neue Perspektive auf eine ganze Reihe von Dingen geben.»

«Inklusive der, meinen Partner für sich zu beanspruchen, glaube ich.»

In Anbetracht von Graysons plötzlicher Rückkehr erstarrten beide mitten im Schritt.

«Das war schnelle Arbeit», sagte Randall, als er Aurora wieder ihrem Gastgeber übergab.

«Bei dir auch», sagte Grayson trocken.

«Ist Julian jetzt okay?»

«Das war schnell geregelt.»

«Gut gemacht. Irgendwas Interessantes zum Vorschein gekommen?»

Aurora beobachtete den Blick, den die beiden Männer austauschten, und wusste, dass ihr Gespräch sehr zielgerichtet, doch absichtlich vage gehalten war.

«Noch nicht. Aber das Wochenende ist noch lange nicht vorbei.»

Was war es nur, das Grayson an diesem Wochenende herausfinden wollte?

«Nur zu wahr.» Randall verbeugte sich vor Aurora. «Ich habe es genossen, dass wir die Gelegenheit zum Tanzen hatten. Und zum Flirten.»

Mit seinen Worten löste sich die Spannung in Luft auf. Aurora trat in Graysons Arme, als gehöre sie dorthin. Sie zog seinen Kopf nahe an ihren heran und sprach mit einer Stimme, die bei der Musik niemand anderes hören konnte. Für jeden Zuschauer waren sie einfach eng umschlungen in einer intimen Art zu tanzen.

«Lass mich helfen», sagte sie.

«Wobei helfen? Meinen betrunkenen Patenonkel auszunüchtern?»

«Ich bin doch nicht dumm, Grayson. Ich weiß, worum es an diesem Wochenende wirklich geht. Und wie ich nützlich für dich sein kann.»

«Wirklich.» Er zog sich zurück, seine Augen unlesbar hinter seiner Maske.

«Ich bin stur, weißt du. Du nimmst mein Angebot besser an.

Sonst werde ich nur rumplappern und eventuell alles schlimmer machen.»

«Deine Worte klingen verdächtig nach Erpressung.»

«Jemand hier auf dieser Wochenendparty hat den Schlüssel zum Tod deines Vaters. Ich kann dir helfen herauszufinden, was passiert ist.»

«Du irrst dich gewaltig mit deiner melodramatischen Darstellung.»

«Wovor fürchtest du dich?»

Seine Schultern und sein Rücken versteiften sich, und sie konnte den geistigen Abstand spüren, den er zwischen sie stellte. «Du sprichst von Furcht. Ich habe keine.»

«Wir haben alle Ängste. Ist deine die Ehrlichkeit?»

«Aurora, du überschreitest deine Grenzen.»

«Ich kenne keine Grenzen. Und du auch nicht, denn du liest in mir, wie du heute Morgen in diesem Braille-Buch gelesen hast. Du hast ein perfektes Gespür für manche Passagen, während andere dir ein absolutes Rätsel bleiben.»

«Völlig aus der Luft gegriffen.»

«Es gibt so vieles, was wir teilen, und Ehrlichkeit ist wesentlich. Ich bin einzig und allein deshalb mit dir zusammen, weil ich es mir ausgesucht habe. Kein maskiertes Phantom. Kein mysteriöser Geliebter. Du, und nur du allein, bist mein Gefährte für die Dauer meines Aufenthaltes. Ich will *dich* kennenlernen. Nicht nur, wen auch immer du im Augenblick hinter deiner Maske preiszugeben wählst. Ich weiß, dass der Tod deines Vaters an dir nagt und dass jemand hier den Schlüssel dazu hat, um die Fragen im Zusammenhang mit seinem Tod zu beantworten. Keiner weiß, wer ich bin. Bedenke diesen Vorteil, den ich zu bieten habe.»

«Halt dich da raus. Aus allem. Ich bedarf deiner Hilfe nicht, und ich habe nicht den Wunsch, auf einer Stecknadelspitze untersucht zu werden.»

Aurora lächelte in sich hinein, als Grayson sie abrupt losließ, sich dann umdrehte und fortstolzierte. Er flüchtete tatsächlich angesichts der Offenheit ihrer Rede. Sie beobachtete seinen Rückzug und wusste, dass er zurückkommen würde. Seine Stärke würde es ihm nicht erlauben, im Angesicht der Not zu fliehen.

Sich selbst überlassen wandelte Aurora in den Speisesaal hinüber, wo der lange polierte Tisch sich beinahe unter der Last der erlesenen Speisen bog. Sie hätte nie gedacht, dass Mrs. Blossom fähig wäre, solche Überfülle an Essen zuzubereiten, wie sie sich vor ihr ausbreitete. Alles üppig und sinnlich und offensichtlich dazu gedacht, mit den Fingern gegessen zu werden. Austern. Gefüllte Feigen. Gehaltvolle Törtchen und pikante Teigröllchen. Winzige erotische Süßigkeiten und Küchelchen.

Als sie den Tisch umkreiste, hielt sie inne, um sich eine Süßigkeit zu nehmen. Sofort fingen die Haare auf der Rückseite ihres Halses an zu kribbeln – sie hatte das unmissverständliche Gefühl, beobachtet zu werden. Sie wirbelte herum. Die Verandatür stand offen, der Platz dahinter lag tief im Schatten. Als eine leichte Brise vorbeiwehte, fing sie den schwachen, doch bekannten Geruch von Zigarrenrauch auf, den sie vorher bereits gerochen hatte.

Warum sollte jemand sie beobachten? Alle Männer hier konnten frei aus der Schar der Schönheiten auswählen. Sie hatten drei volle Tage und Nächte, um auszuprobieren, wen auch immer sie wollten.

«Aurora. Aurora, bist du das?»

Sie blickte auf, und eine Maske verbarg die Gesichtszüge, aber nicht das strahlende Lächeln, das sie von der anderen Seite des Tisches begrüßte. «Misty, woher wusstest du das?»

«Niemand sonst hat solch prächtiges Haar. Woher wusstest du, dass ich es war?»

«Ich würde dein Lächeln überall wieder erkennen. Außerdem erinnere ich mich daran, vor einer Weile gehört zu haben, dass du was mit dem *Rose and Thorn* zu tun hättest.»

«Ich bin jetzt schon eine Weile dabei. Ich hatte keine Ahnung, dass du auch mitmachst. Ist es nicht verrückt?»

«Es ist sehr neu für mich», sagte Aurora vorsichtig.

«Nun, es sollte Wunder wirken in Bezug auf deine Karriere. Das hat es zumindest für meine getan.»

«Darauf zähle ich.»

«Hattest du schon das Vergnügen, unseren Gastgeber kennenzulernen?»

«In der Tat, das habe ich.»

«Ist er nicht göttlich?» Misty klimperte mit den Augenlidern und umklammerte dramatisch ihren Busen.

«Ich hatte allerdings das Gefühl, dass er ziemlich reserviert wirkte.»

«Das macht doch gerade seinen Charme aus. Wenn diese Reservierten erst mal aus sich herauskommen, sind sie die Besten.»

«Da bist du ja, meine Liebe», sagte eine männliche Stimme. «Ich hab dich ziemlich vermisst.»

«Tut mir leid, Julian. Ich habe eine alte Freundin getroffen.»

«Das sehe ich. Ich flehe dich an, uns einander vorzustellen. Denn am Ende der Party werden wir alle viel intimer miteinander bekannt sein.»

«Aurora Tremblay, darf ich dir Julian Fields vorstellen? Einer der Gründer des Clubs und ein wahrer Mäzen des Theaters.»

«Es ist mir ein Vergnügen», murmelte Aurora, deren Hand einen Tick zu eng von seinen beiden Händen umschlungen wurde. An den Augen, die sie hinter seiner Maske hervor musterten, war etwas Beunruhigendes. Oder vielleicht lag das nur an der Maske selbst, die seine anderen Gesichtszüge verbarg.

«Ich habe das Gefühl, noch nicht das Vergnügen gehabt zu haben», murmelte er aalglatt und hob ihre Hand an seine Lippen. Als seine feuchten Lippen die Haut ihres Handrückens streifte, widerstand Aurora dem Bedürfnis, ihre Hand ruckartig zurückzuziehen. Wie Misty trug auch Julian Scharlachrot, was bedeutete, dass Misty vorhin für eine Weile verschwunden war und ihren Partner damit aus der Fassung gebracht hatte. War das nicht eine interessante Wendung der Ereignisse?

«Ich liebe dieses Gut», sagte Misty. «So viele versteckte Ecken und Winkel, die man erkunden kann. Ich fürchte, drei Abende werden sich als bei weitem nicht lang genug erweisen.»

Julian klapste besitzergreifend auf Mistys Po und blinzelte Aurora lüstern zu. «Was mich daran erinnert, dass es da einen bestimmten kleinen Winkel bei dir gibt, den zu erkunden ich einen Drang verspüre, meine Liebe. Wollen wir?» Er betonte seine Wort mit einer rohen Lache.

Misty nickte, aber der Mangel an Begeisterung entging Auroras Aufmerksamkeit nicht. «Schön, dich zu sehen, Aurora.»

«Und dich.»

Hinten im Ballsaal hatte die Formalität der in passende Umhänge gekleideten Partner sich anscheinend zu einem betrunkenen Alles-ist-möglich gelockert. Niemand schien viel Aufmerksamkeit daran zu verschwenden, wer auf wen kletterte. Der Abend war zu einer einzigen riesigen Orgie geworden.

Entspannte Grayson sich gerade mit einer der vielen willigen Frauen hier? Fanden sie ihn alle göttlich?

Aurora fühlte sich wieder ziemlich allein gelassen und schaffte es, Hudson auszumachen, Graysons Butler. Er schien ebenso entsetzt über die Veranstaltung zu sein wie sie und war mehr als froh, ihr den Wunsch nach heißem Wasser für ein Bad zu erfüllen.

Die Partygeräusche folgten ihr die Treppe hinauf bis in Celestes Zimmer, bevor sie aus der Hörweite entschwand. Es war ein ziemlich voller Tag, dachte Aurora, als sie in die dampfende Hitze des Wassers eintauchte. Von ihrem Bibliotheksflirt mit Grayson über ihr Missgeschick im Teich und dem Picknick in der Laube – alles vor der abendlichen Party, dem Beisammensein auf der Wiese und dem Ritt auf der Schaukel. Mehr Abenteuer an einem Tag, als sie sich jemals hätte träumen lassen.

Aber das Abenteuer war alles andere als vorbei. Denn obwohl Grayson ihr Angebot, ihm zu helfen, ausgeschlagen hatte, war sie entschlossen, ihm auf die eine oder andere Art zu assistieren. Sie wusste aus erster Hand, wie es war, ein Elternteil unter fragwürdigen Umständen zu verlieren. Die Gerüchte und Flüstereien machten es schwierig, seinen Frieden zu finden.

Die göttliche Wärme des Wassers durchdrang sie, linderte empfindliche Stiche in Muskeln, die sie nie zuvor benutzt hatte. Sie drückte den Waschlappen aus und sandte eine kitzlige Spur warmen Wassers über ihren Nacken und ihre Schulter. Sie schloss ihre Augen und stellte sich vor, es wäre Graysons köstliche Zunge, die ihre empfindlichen Nervenenden liebkoste. Aus Vorfreude spannte sich ihr gesamter Körper an. Sie war dabei, wahrhaft unersättlich zu werden in Bezug auf diesen Mann.

Würde er sie heute ausfindig machen? Oder hatte er genug von ihr? Sie neigte ihren Kopf zurück. Er verzehrte ihre Gedanken, was im Gegenzug ihr Verlangen verstärkte. Je öfter sie sich miteinander vereinigt hatten, desto mehr verlangte sie danach, eins mit ihm zu sein, in jeder Bedeutung des Wortes. Ihre Nippel prickelten, als sie sich an die Erregung durch seinen Kuss erinnerte. Die Art, wie seine Lippen die Umrisse ihrer Brüste modelliert und ihnen eine neue Form verliehen hatten, während er an ihnen saugte.

Sie umfasste ihre Brüste mit den Handflächen und fand ihr Gewicht zufriedenstellend. Sie hoffte, Grayson fand das auch. Sie waren weder besonders groß noch klein, mit Nippeln in einer allerreizendesten Schattierung von Rosa, die blasseste Errötung vor dem Alabaster ihrer Haut. Sie hatte ihre Sommersprossen immer gehasst, aber jetzt nicht mehr. Nicht nachdem Grayson jede einzelne auf seine Weise geküsst, sich über sie gefreut und so ihre Schönheit geweckt hatte.

Ihre Nippel strafften sich, und sie berührte sie sanft mit ihren Daumen, belohnt von einer angenehmen Wärme, die durch sie hindurchflutete, und einem Zug von tief drinnen.

Schamlos.

Lüstern.

Wunderbar.

Der Körper einer Frau war wahrlich ein Wunder, besonders wenn sie die Gelegenheit hatte, ihn mit dem Mann zu teilen, den sie als ihr ebenbürtig erkannt hatte.

Ihr Gatte war viel zu schwach gewesen für jemanden wie sie. Er interessierte sich viel mehr für seine Karten, das Trinken und dieses scheußliche weiße Puder, dem er sich mit seinen Freunden hingab und das ihn noch schwächer und erfolgloser werden ließ.

Wie glücklich sie doch war, die sinnlichen Freuden zu entdecken, die eine Frau mit einem Mann teilte. Ein wahrhaft erotisches Abenteuer. Wenn das heute alles war, was sie hatte, so müsste es ein Leben lang reichen – doch, selbstsüchtig, sehnte sie sich nach mehr.

Sie ließ ihre Finger durch das Wasser gleiten, hinunter zwischen ihre Beine. Ihr Körper war unermüdlich, bereit, noch einmal Grayson zu empfangen und die Lust, die er ihr bereitete.

Als sie spürte, wie etwas unglaublich Sanftes ihre Wange streifte, öffnete sie ihre Augen und sah einen Schauer von Seifenblasen auf sie hinunterregnen. Grayson stand über ihr.

«Du sahst so friedlich aus, ich wollte dich nicht stören.»

Aurora streckte sich und griff nach oben, um eine der flinken Schönheiten zu erhaschen. Sie entkam ihrem Griff, glänzend im Kerzenlicht. «Ich muss gestehen, dass ich gerade in lüsternsten Gedanken an dich schwelgte.»

«Wirklich?»

Grayson schickte einen frischen Schauer von Seifenblasen in ihre Richtung. Eine landete auf ihrer Brust, eine Zärtlichkeit so leicht und liebevoll wie seine Lippen.

«Ich habe mich vorhin über dich geärgert», sagte er.

«Ich werde mich nicht für meine offene Rede entschuldigen.»

Er beugte sich über sie, seine Arme ruhten auf beiden Seiten der Wanne. «Ich bin nicht gekommen, um eine Entschuldigung zu erhalten.»

Sie konnte der Versuchung nicht widerstehen, seine bloße Hand zu berühren, die Stärke zu spüren, die so ein wesentlicher Bestandteil von ihm war. «Warum dann?»

«Ich konnte nicht wegbleiben.» Er klang so, als ob ihm dieses Geständnis herausgerissen wurde.

«Gut», sagte Aurora zufrieden und berührte ihn freizügiger. «Ich habe mich nach dir gesehnt. Ich will nicht, dass du mir fernbleibst.»

«Ich dachte, wenn ich dich einmal gehabt hätte, würde ich mich von diesem heftigen Verlangen befreien.»

«Letzte Nacht im Sommerhaus», warf Aurora ein.

«Das Sommerhaus», pflichtete er bei. «Ich versuchte, meine Anonymität zu wahren, aber du hast dich geweigert, mich damit davonkommen zu lassen.»

«Warum sollte ich dir erlauben, mit etwas ‹davonzukommen›?»

«Du erlaubst mir dieses hier», er liebkoste ihre Brust, und sie seufzte angesichts des Vergnügens, das von seiner Berührung hervorgerufen wurde. «Du ermutigst mich, dich auf alle möglichen Arten zu berühren.»

«Ich mag es, wenn du mich berührst.»

«Ich will mehr, als dich nur berühren. Ich brauche Besitz.»

«Besitz? Ich lasse dich an mir teilhaben, weil ich es so wünsche. Das ist etwas vollkommen anderes», sagte Aurora.

«Lehn dich zurück», sagte er. «Ich werde deine Haare waschen.»

«Wie ein Dienstmädchen?», fragte Aurora amüsiert.

«Warum nicht?» Er kam auf sie zu, rollte seine Ärmel hoch

und offenbarte dabei die angespannte Stärke in seinen Armen. Aurora glitt zurück in die Wanne und bog ihren Kopf, sodass ihr Haar untertauchte, die graziöse Bewegung hob ihre Brüste zu ihm hinauf.

Gray stockte der Atem ob der sinnlichen Anmut ihres Körpers. Wie eine Wassernymphe oder eine Meerjungfrau, die ihm stolz ihre Brüste darbot wie das kostbarste aller Geschenke. Genau so wie sie selbst sich ihm für die kommenden zwei Tage angeboten hatte. Und so sehr er auch wünschte, er könne weggehen, so wusste er doch, dass er es nicht konnte.

Vielleicht war er mehr der Sohn seiner Mutter, als er wahrhaben wollte. Denn hatte sie nicht immer behauptet, die Männer begehrten sie und sie könne nicht nein sagen? Aurora wollte ihn, und er war ebenso machtlos, nein zu sagen. Selbst wenn er sich dafür hasste.

Niemand war ihm jemals so unter die Haut gegangen wie Aurora. Von dem Augenblick an, als sie gewandt aus diesem Ballon gehüpft war, hatte sie ihm eine Herausforderung nach der anderen um die Ohren geschlagen, bis sich so ziemlich alles in seinem Kopf drehte. Und selbst als er schwor, ihr fernzubleiben: Hier war er, wieder an ihrer Seite wie irgendein liebeskranker Verehrer.

Er hatte sie vorhin auf der Tanzfläche stehenlassen und es sofort danach bedauert. Denn auch wenn er den Einfluss, den sie auf ihn ausübte, vielleicht leugnete, so gab es kein Leugnen in Bezug auf ihre Reize. Sie faszinierte ihn auf eine Weise wie niemand sonst. Die Gabe ihres Lachens. Ihre innere Stärke. Ihre dickköpfige Unabhängigkeit. Ihr köstlich sinnlicher Körper mit seiner mächtigen Reaktion auf seine Berührung.

Er wühlte seine Hände durch die nassen Strähnen ihres Haars, spürte, wie es sich um seine Finger und sein Handgelenk schlang – genauso wirkungsvoll, wie Aurora selbst sich um etwas in ihm geschlungen hatte. Etwas, das er lange für unberührbar gehalten hatte. Unerreichbar.

Er benutzte sein magisches Blasenelixier, um ihr Haar einzuschäumen, während sie gerade und stolz für seine Dienste dasaß. Schön. Fesselnd. Begeisternd. Sein, für zwei weitere Tage und Nächte.

«Niemand hat mein Haar gewaschen, seit ich ein sehr kleines Mädchen war.»

Gray liebkoste die nassen Strähnen und ließ sie durch seine Finger gleiten. «Es ist lebendig durch ein nur ihm eigenes Feuer. Du solltest es im Kerzenlicht sehen – brennendes Feuer, so wie du. Von innen her lebendig.»

Während er sprach, machte er seine Hände zu einer Schale und spülte den Schaum aus ihrem Haar. Dann zog er sie sanft auf die Füße, hüllte sie in ein riesiges weiches Handtuch und machte sich daran, sie abzutrocknen, beginnend mit ihren satinweichen Schultern und Armen. Ihren wohlgeformten Brüsten. Der weiblichen Rundung von Hüfte, Taille und Hinterteil. Der langen, feinen Form ihrer wunderbaren Beine. Den zarten, eleganten Füßen.

Ihre Haut glänzte rosafarben von der Wärme des Bades, als sie vor ihm stand, duftend und bezaubernd. Hatte er jemals eine Frau stärker begehrt?

«Leg dich für mich vor das Feuer.»

«Warum?»

«Damit ich den Glanz deiner Haut im Feuerschein bewundern kann. Außerdem hilft es, dein Haar zu trocknen.»

Ein dicker Teppich lag vor dem Feuer, als erwarte er Auroras Ankunft. Sie wirkte so, als fühle sie sich vollkommen wohl in ihrer Nacktheit. Sie setzte sich vor die Flammen, nahm eine kunstvolle Pose ein und arrangierte die Strähnen ihres Haars über ihre Schultern und den Rücken – wie einen Umhang aus Feuer. Stirnrunzelnd nahm sie eine Strähne und betrachtete sie.

«Und meine Haarfarbe gefällt dir wirklich?»

«Ich vergöttere deine Haarfarbe», sagte Gray. In diesem Augenblick vergötterte er alles an ihr.

«Hast du mir Champagner mitgebracht?»

«Selbstverständlich.» Er brachte ihr ein Glas.

Sie nickte als Dankeschön und nahm einen Schluck, dann leckte sie den Rand ab. Er beobachtete sie und neidete dem Glasrand die Liebkosung durch ihre Lippen und Zunge. Wahnsinn. Er war ein Mann, der besessen war, verhext.

«Solltest du dich nicht um die Bedürfnisse deiner anderen Gäste kümmern?»

«Es gibt nur einen Gast, um dessen Bedürfnisse ich mich an diesem Abend kümmern möchte.»

«Grayson, Grayson.» Sie sah ihn mit spielerisch verengten Augen an. «Was soll ich nur mit dir machen?»

«Was immer du willst, fürchte ich.»

«Dich festbinden? Dich wild machen?»

Seine Lenden erwachten bei diesem Gedanken, aber er behielt eine beiläufige Stimme. «Wenn du glaubst, es würde dir gefallen.»

«Ich finde beinahe Gefallen an der Idee, dich hilflos zu machen.»

«Dieses Kunststück hast du bereits ohne die Hilfe von Fesseln vollbracht, meine Liebe. Davon abgesehen: Wenn du mich einschränken würdest, wäre ich nicht in der Lage, meine Hände zu benutzen, um dir Lust zu bereiten.»

«Das ist wahr», antwortete Aurora. «Aber ich könnte es genießen, dir spielerisch subtile Qualen des Entzugs zu bereiten.»

Gray konnte kaum schlucken, selbst sein Atem fühlte sich eng an. Diese Frau war wahrhaft erstaunlich. Er war an Frauen gewöhnt, die überredet werden mussten, die sich seinen charmanten Überzeugungskünsten beugten, Widerwillen vortäuschten und hinterher Reue zeigten. Es war ein Teil des Rituals, den er mittlerweile erwartete, aber nie wirklich genoss. Bei Aurora lagen die Dinge anders. Sie war ihm ähnlich, ein ebenso williger und begeisterter Partner, wie er es war.

«Du reizt mich schon, ohne es überhaupt zu beabsichtigen. Sieh dir deine Brüste an, wie sie um meine Berührung flehen.»

«Du schmeichelst dir selber. Jegliche Berührung würde mir genügen.» Aurora wählte eine Partie beinahe getrockneter Haare und federte die seidigen Spitzen über ihre rosafarbenen Nippel. Gray beobachtete, wie sie sich als Reaktion darauf aufrichteten. Sie umfasste einen mit ihrer Hand, blies darauf, stimulierte ihn dann mit den Spitzen ihrer Haare.

«Sind sie nicht untreu?»

Gray stand plötzlich auf. «Untreu wie die meisten Frauen, vermute ich.» Doch wie untreu Aurora sich auch erweisen mochte, er konnte nicht aufhören, sie zu begehren.

Sie rollte sich auf den Bauch, bettete ihre Wange auf einem ihrer Arme und blickte entzückt zu ihm auf. «Nicht alle Frauen sind untreu.»

«Du warst verheiratet. Warst du ihm treu?»

Er sah, wie ihr Gesicht sich verdunkelte.

Es war so, wie er gedacht hatte. Keine Frau war fähig zur Treue. Die meisten waren einfach nur diskreter als Celeste.

«Mein Gatte war, wie du vorhin erwähntest, ein schwacher Mann. Und er interessierte sich für andere Aktivitäten weitaus mehr als für mich. Wir waren nie eins im wirklichen Sinne.» Aurora rollte auf ihren Rücken und streckte die Arme nach ihm aus. «Liebe mich, Grayson. Hier vor dem Feuer.»

«Sag mir, was du von mir willst.»

«Du musst mein Geliebter sein.»

«Drück dich genauer aus.»

«Ich will, dass du mich küsst. Ich sterbe vor Verlangen nach deinem Kuss.»

«Wie soll ich dich küssen?»

«Überall.»

«Was ist mit meiner Lust?»

«Du darfst es auch genießen.» Sie lächelte ihn verführerisch an. «Selbst jetzt beschleunigt sich deine Atmung. Dein Glied wird hart und drückt vorn gegen deine Hose. Du begehrst nichts mehr, als mich zu besteigen, zwischen meinen Oberschenkeln deine Ruhe zu finden. Dennoch bleibst du vollkommen bekleidet, gibst vor, gleichgültig zu sein.» Sie erhob sich auf alle viere und machte sich auf den Weg zu ihm, übertrieben ihre Hüften schwenkend. «Ich weiß, dass du mir gegenüber nicht gleichgültig bist, Grayson, auch wenn du vorgibst, dass es anders ist.» Sie nutzte ihn als Hebel, zog sich an der Länge seines Körper hoch und sah dabei zu, dass sie sich an seinen empfindlichsten Stellen rieb.

«Du glaubst, dass du so schlau bist.» Er fuhr mit den Fingern durch ihr Haar, benutzte dann seinen Halt, um sie zurückzuziehen, ihre Kehle für seinen Kuss freizulegen.

«Du trägst viel zu viele Kleider. Ich schätze mal, das gibt dir irgendwie das Gefühl, noch die Kontrolle zu bewahren.»

«Du bist unglaublich schön», sagte er, seine Worte klangen kehlig durch die Tiefe seines Verlangens. «Das Licht des Feuers küsst deine Haut, verwandelt dein Haar in geschmolzene Flammen.» Er wollte sie so sehr, dass es schmerzte, dennoch war er entschlossen, seine Begierde zu beherrschen.

«Immer noch bleibst du auf Distanz.» Sie tanzte weg, als er sprach. «Worauf wartest du? Darauf, dass ich dich verführe?»

Er war bereits gründlich verführt, gefangen in einem Begehren, das so heftig war, dass es ihn ängstigte, da es alle anderen Gedanken aus seinem Kopf hinausdrängte. Er war ein Mann, der stolz darauf war, seinen niederen Begierden nicht nachzugeben. Felsenfest die Kontrolle in der Hand zu behalten – eine Kontrolle, die Aurora wild entschlossen war, ins Wanken zu bringen.

«Wie du magst», sagte sie und stolzierte von ihm weg. Sie setzte sich vor den Frisiertisch und wählte ein Glas mit parfümierter Creme aus den Dutzenden, die zur Auswahl standen. Sie hob den Deckel hoch und roch daran. «Wunderbar.»

Sie drehte sich um, sodass sie ihm die Vorderseite zuwandte, tauchte ihre Finger in das Cremeglas, nahm eine Portion Creme heraus und trug die Emulsion dann langsam, sinnlich auf ihre Haut auf. Weiß auf Weiß. Welches war reiner? Er sah zu, fasziniert vom Anblick ihrer geschmeidigen blassen Arme, davon, wie sie die Creme über ihre Schultern und den Brustkorb verstrich.

Als Nächstes wandte sie ihre Aufmerksamkeit den Füßen zu. Gray sog die Luft ein, als sie zuerst das eine anmutige Bein hob, dann das andere, sich die ganze Zeit mit einem langsamen und sinnlichen Strich Creme in ihre Glieder einmassierte. Als sie ihre Beine spreizte und ihr weibliches Herz zur Schau stellte, fürchtete er zu explodieren angesichts dessen, wie sie die Creme auf die gesamten Oberschenkel, über ihren Bauch und hinauf bis zu den Brüsten einrieb.

Gray konnte kaum atmen, konnte seine Augen nicht von dem Anblick vor ihm fortreißen. Sie hatte einst ihren Lebensunterhalt auf der Bühne verdient. War das, selbst jetzt, eine Vorstellung? Führte sie das nur auf, um ihn zu erfreuen? Denn es schien, als verwendete sie ungewöhnlich viel Zeit darauf, die Creme auf ihren Brüsten zu verteilen. Sicher musste sie das Gefühl ihrer eigenen Berührung genießen, denn er hörte ihre winzigen Freudenseufzer. Er bemerkte, dass sie sich Zeit dafür nahm, ihre Brüste und ihre Nippel zu liebkosen und sah ihre Oberschenkel erschlaffen, als ihre Lider von neuerlich erwecktem Begehren schwer wurden.

Sein Schwanz schrie ihn an, er solle sich die Kleider vom Leib reißen, sich jetzt gleich auf sie stürzen. Aber er stand da wie festgefroren.

«Grayson», schnurrte sie. Während sie sprach, liebkoste sie ihre Brustwarzen mit den gekrümmten Mittelfingern beider Hände in immer weiter werdenden Kreisen.

Neckisch fuhr sie mit einem Finger hinunter über die flache Ebene ihres Bauches bis zum Nabel, flatterte dann noch tiefer, hinein in das Liebesnest weiblicher Geheimnisse. Mit ihrer anderen Hand hob sie ihr Haar hoch und machte Rücken und Schultern frei.

«Sei ein Schatz und creme mir den Rücken ein, ja?»

Wie konnte er widerstehen? Er bewegte sich wie ein Schlafwandler, seine Augen fixiert auf den Quell ihrer Weiblichkeit, die Art, wie sie sich leicht selbst berührte.

Er tauchte seine Finger in das Glas mit der dicken, reichhaltigen Creme. Als er sie auf ihrem Rücken und ihren Schultern verrieb, widerstand er dem Bedürfnis, jede einzelne reizende Sommersprosse zu küssen. Sie buckelte ihm ihren Rücken entgegen wie ein Kätzchen. Er konnte gerade erkennen, wie ihre Finger in dem rotgoldenen Dreieck zwischen ihren Beinen verschwanden, hineintauchten und wieder herauskamen, feucht von ihren eigenen Säften. Er konnte den Duft ihrer Begierde riechen, und ihm lief das Wasser im Mund zusammen vor Verlangen, sie zu kosten. Ihr Freuden zu zeigen, von denen sie nie zu träumen gewagt hätte.

Er beherrschte sich mit größter Mühe – bis sie sich erhob und über den Stuhl beugte, um ihm ihre wohlgeformten Hinterbacken anzubieten.

«Vergiss meinen Hintern nicht», sagte sie.

Wie hätte er dessen üppig runde Sinnlichkeit je vergessen können? Die Art, wie die Kugeln ihrer Rückseite geschmeidig in die Länge ihrer Beine übergingen? Mit einem Stöhnen der Ergebung fiel er hinter ihr auf die Knie, umfasste die sinnliche Fülle mit seinen Händen und vergrub sein Gesicht in ihrer willkommen heißenden Wärme. Ehrfürchtig rieb er seine Wangen an der satinierten Weichheit und inhalierte ihren warmen, sauberen Duft. Dann, langsam, begann er zu lecken.

Er begann mit der Spalte, die Oberschenkel von Pobacke trennte, arbeitete sich langsam fast bis zu ihrem Hüftknochen vor, wo er eine Pause machte, um den Einschnitt ihrer Taille zu kosten, bevor er ihr Rückgrat fand. Dann umfasste er beide

Backen mit seinen Händen und knabberte sich ihren Rücken hoch. Er war am Verhungern, und sie war Nahrung. Er war am Verdursten, und sie war eine Oase. Als er ihre Schulter erreichte, erlaubte er seiner Zunge zurück nach unten zu gleiten, als sei ihr Rücken eine riesige Rutsche, die ihn zwischen ihre gerundeten Backen zu der winzigen, verwundbaren Rosenknospe ihres Anus schickte.

Er spürte, wie sie sich anspannte, als seine Zunge Kontakt aufnahm. Es gefiel ihm, dass er sie verblüffen konnte. Ihr neue und andere Gefühle vergönnen konnte. Und sie schmeckte köstlich. Er ließ seine Hände dorthin gleiten, wo sie sich vorhin selbst berührt hatte und führte zwei Finger in ihre nasse, willkommene Wärme, während seine Zunge fortfuhr, sie von hinten zu ergötzen, jedes einzelne ihrer Geheimnisse zu erforschen. Langsam, absichtlich, beschleunigte er das Tempo, bezüngelte sie, während seine Finger in ihr waren, bis er spürte, wie die inneren Muskeln sich anspannten und um seinen Finger klammerten. Sie war so nass.

«Und du glaubst, dass du *mich* reizen und quälen kannst?»

Acht

Ihr lustvolles Stöhnen entlockte ihm ein Lächeln.

«Kein Wettbewerb. Diese Runde geht an dich», seufzte sie.

«Und doch habe ich kaum begonnen.»

Er spürte die aktive Art, wie ihre Muskeln mit einem Schauder auf ihn reagierten, innen wie außen. Exquisit!

Er wirbelte sie herum, sodass sie auf dem Stuhl saß und er seine Aufmerksamkeit ihren schönen Beinen zuwenden konnte. Um die innere Haut ihrer seidenen Schenkel zu salben und die Eingangspforte zu dieser köstlichen inneren Frau zu genießen. Er runzelte die Stirn angesichts schwacher roter Spuren, eine Hinterlassenschaft ihres ersten Beisammenseins. Leicht, ehrfürchtig knabberte er an ihr. Vorsichtig, um die Perfektion ihrer Haut nicht erneut zu beschädigen, während er seinen Weg zu ihrem dampfenden inneren Kern fand.

Das Stocken ihres Atems zeigte ihm, dass sie kurz davorstand. Er begeisterte sich für die Art, wie sie vor Anstrengung keuchte, als sie sich auf einen Abschluss zubewegte, den nur er ihr bieten konnte. Immer noch verweilte er, fasziniert von einem winzigen samtartigen Muttermal, am oberen Ende eines Beines.

«Grayson», sie packte seine Haare und zog, zwang ihn dorthin, wo sie ihn am nötigsten brauchte.

Sie war so heiß, so nass, zitternd vor Bedürftigkeit. Schließlich forschte er nach diesen köstlichen inneren Lippen. Als er ihre glatten Falten teilte, entdeckte er die pulsierende Kraft dieses winzigen Knubbels, den er sanft mit seiner Zunge berührte.

Jetzt war es an Aurora, ihn zu überraschen, denn als sie sich krümmte und ihre Lust herausschrie, traf ein Spritzer warmer Flüssigkeit seine Zunge.

Gray zog seinen Kopf zurück, sprachlos. Er hatte davon gehört, dass ganz selten einmal so etwas geschah. Nie zuvor hatte er dieses Erstaunen selbst erlebt. Fasziniert nahm er die Nachwellen auf, die durch sie hindurchebbten. Fuhr fort, sie zu laben, zu lecken, auszukosten und zu schmecken, wobei er sich fragte, ob es noch einmal passieren könnte.

Würde er jemals von ihr genug bekommen? Wie jemand, der sich an seinem Lieblingsmahl gütlich tat, fuhr er fort, ihrem Geschmack und der Beschaffenheit ihres Körpers und ihrer Köstlichkeit zu frönen. Unter seinen Diensten spürte er, wie sich bei ihr erneut eine innere Spannung aufbaute. Alles bebte und straffte sich, als sie ihre Reise zurück zum Höhepunkt antrat. Aber anstatt ihm gefügig zu sein und ihn machen zu lassen, langte sie nach ihm und öffnete seine Hose.

«Ich will dich unbedingt.» Ihre Stimme zitterte beinahe ebenso stark wie ihre Hände, als sie seine geschwollene Spitze zu diesem heißen, nassen, ergötzlichen Zentrum nötigte.

Er zog sich zurück, um ihren Blick zu erhaschen. «Bereite ich dir keine Freude?»

Sie beobachtete ihn mit vor Begierde schweren Lidern. «Es würde mich mehr erfreuen, dich in mir zu spüren.»

«Du bist schamlos, nicht wahr?»

«Ich stehe voll und ganz in Flammen», sagte sie, während sie sein Hemd aufknöpfte und ihre Nase in seiner Brust vergrub.

«Dann erlaube mir, die Flammen zu löschen.»

«Niemandem, außer dir.» Aurora erhob sich und ging zum provisorischen Bett vor dem Feuer. Gray trat aus seiner Hose und folgte ihr, amüsiert von der Art, wie sie die Führung übernommen hatte.

Sie streichelte ihn kurz, bewunderte seine Form, dann führte sie ihn zu ihrer Eingangspforte. Als Gray sich genussvoll von ihren Hüften umarmen ließ, kam sie hoch, um ihn mit ihrer Willkommenswärme zu grüßen. Er hielt abrupt inne, als die Lust, die überwältigende Intensität beinahe mehr war, als er ertragen konnte. Er verlor schon jetzt beinahe die Kontrolle und wollte doch gerade erst anfangen.

Sie hob ihren Kopf, die Augen fest auf seine gerichtet. «Warum hast du aufgehört?»

«Ich möchte, dass es so lange wie möglich anhält», sagte er und wusste, während er sprach, dass die zwei verbleibenden Tage, die sie ihm gehörte, nie genügen würden.

«Du hast alles unter Kontrolle», sagte sie glücklich.

Wenn das nur so wäre, dachte Gray, als ihre Hände ihn überall berührten, ihn als ihr Eigentum brandmarkten. Er spürte, wie ihre Nägel seine Schultern abschürften. Ihre Knöchel streiften seinen Brustkorb, bevor ihre Fingerspitzen seine Nippel fanden und an ihnen zupften, dann sanft an den Haaren auf seiner Brust zogen. Sie seufzte, offensichtlich liebte sie das Gefühl der Berührung. Er spannte sich an, als sie ihn zu sich zog und seinen Hintern in dem Versuch umklammerte, den Druck und die Geschwindigkeit ihrer Vereinigung zu erhöhen.

«Ich dachte, ich war dran damit, die Kontrolle zu behalten.»

«Nur wenn es mir passt.»

«Und, passt das?»

«Oh, das passt.»

Als er sich langsam und rhythmisch in sie hinein- und wieder herausbewegte, den uralten Tanz von Mann und Frau vollführte, spürte er, wie ihre Muskeln sich beschleunigten. Sein Körper übernahm bereitwillig die Art, wie ihre Lust spiralförmig in kleine Wellen der Ekstase zersprang, jede einzelne schlug bei ihm mit größerer Intensität ein, lud ihn ein, sich ihr für die letzte Erlösung hinzuzugesellen. Ein Bedürfnis, das er mit allem, was er hatte, zu bekämpfen versuchte.

Wenn er nur immer so verharren könnte, umhüllt von ihrem warmen, nassen Samt. So heiß. So reaktionsfreudig auf jede seiner Bewegungen. Er stieß tief hinein und blieb dort, bot ihr nur kaum wahrnehmbare, subtile Stöße an. Sie zitterte unter ihm, nötigte ihn immer noch tiefer hinein, dann griff sie nach oben und besorgte sich einen Kuss von ihm.

Ihre Wallungen begannen mit einem langsamen Schwingen ihrer Zunge in seinem Mund. Ein Schwingen, das er bis hinunter in seinen Schwanz spüren konnte. Als er ihre Lustschreie hinunterschluckte, ließ er sich von ihnen mit forttragen, bis er sich nicht länger zurückhalten konnte. Und als sie pulsierte und schluchzte und in einen millionenfachen Sternenregen zerfiel, erlebte er eine bewusstseinsraubende Ejakulation, die scheinbar ewig dauerte.

Sie hielten einander fest umschlungen und nahmen sich Zeit für ihre Reise zurück in die Wirklichkeit. «Wie geht so was?», flüsterte Aurora, sanft von ihm gehalten.

«Nun, mein Glied passt wie angegossen in deine –»

«Ich weiß, wie *das* geht. Ich meine, wie geht es … Immer wenn ich das Gefühl habe, es kann unmöglich mehr werden, wird es das plötzlich.»

«Betrachte es als ein besonderes Geschenk der Götter.»

«Das gefällt mir», sagte Aurora und kuschelte sich noch enger an ihn.

«Erkläre mir, warum wir auf diesem harten Boden sind anstatt auf deinem weichen Bett», bat Gray.

«Eine neue Erfahrung», antwortete Aurora. «Ich wollte das Licht des Feuers auf deiner Haut spielen sehen.»

Er drückte ihr einen Kuss auf die Augenbraue. «Das habe ich zu dir gesagt. Kannst du dir nicht etwas Originelleres ausdenken?»

«Origineller als du? Wohl kaum.»

«Man hat mich über die Jahre schon vieles genannt, aber originell war noch nie darunter.»

Aurora zuckte mit den Schultern. «Andere Leute sehen dich offensichtlich nicht im selben Licht wie ich.»

«Das könnte stimmen.»

«Jetzt aber», sagte sie. «Zeit, Pläne für den morgigen Tag zu schmieden.»

«Was hast du denn ausgeheckt? Ein neues Abenteuer für einen neuen Tag?»

«Meine Freundin Misty ist hier und hält mich für eine von den Schauspielerinnen. Es sollte relativ einfach für mich sein, ihre Gruppe zu infiltrieren und zu sehen, was ich über die Nacht, in der dein Vater starb, herausfinden kann. Irgendjemand weiß etwas.»

Sie spürte seine Ablehnung an der Art, wie er sich ihr gegenüber versteifte. «Lass es ruhen. Das ist meine Sache.»

«Du tust, was du für nötig hältst, Grayson. Aber wenn ich mich dem Ganzen von der anderen Seite annähere, erhältst du einen entscheidenden Vorteil.»

«Ich werde dich fortschicken, wenn du darauf bestehst, in dieser Manier weiterzumachen.»

Sie schüttelte den Kopf. «Wenn ich bedenke, dass ich dich für einen Mann hielt, der das verfolgt, was er will.»

«Ich habe meine eigenen Mittel.»

«Prima.» Aurora rollte von ihm weg. «Tu, was du willst.»

«Ich will nicht, dass du dich einmischst.»

«Ich mische mich niemals ein. Wenn du nichts dagegen hast, ich bin jetzt ziemlich müde. Es war ein voller Tag.»

«Der Morgen dämmert beinahe schon – und ich wette, dass sich bis weit nach Mittag keiner aus diesem Haufen rühren wird.»

«Perfekt.» Aurora zog sich einen Umhang über und trat hinaus auf ihre Veranda. Der Anbruch eines neuen Tages: die perfekte Gelegenheit, um damit anzufangen, ihren Plan umzusetzen.

Grayson kam zu ihr auf die Veranda. «Na gut. Wenn du darauf bestehst, benutzen wir dich eben als Lockvogel.»

Sie war sofort auf der Hut. Grayson war nicht der Typ, der plötzlich seine Meinung änderte.

«Ich könnte natürlich ein Lockvogel sein», sagte sie vorsichtig.

«Es gab Anzeichen eines Kampfes, an dem Tag, als mein Vater starb», erklärte Grayson. «Dabei brach ein Stück von einem Ring mit dem *Rose and Thorn*-Emblem ab.»

«Also finde heraus, wer den beschädigten Ring trägt, und du findest den Mörder.»

«Ich bezweifle, dass es so einfach ist.»

«Nichts ist jemals einfach.» Sie machte eine ausladende Geste zum östlichen Horizont. «Nimm zum Beispiel den Sonnenaufgang. Sollte das nicht einfach sein? Die Sonne geht auf. Der Himmel erhellt sich und kündigt den Beginn eines neuen Tages an. Aber wir beide wissen, dass es weitaus komplexer ist.»

«So kompliziert wie eine Frau vielleicht?»

Sie lachte. «Wir sind eine Geheimgesellschaft, weißt du.»

«*Das* glaube ich gern.»

«Ist es nicht großartig?», fragte Aurora ehrfürchtig. Von einem winzigen Streifen Licht sprang Feuer über, intensiv brennende Farbe, Großartigkeit und rohe Kraft in ihrer ursprünglichsten Form. Geschmolzenes Gold verwandelte sich in Orange, Rosa und Rot, hinterleuchtete einen ursprünglich blauen Himmel. «Mutter Natur hat eine sehr raffinierte Methode, um mir das Gefühl zu geben, klein und unbedeutend zu sein.» Sie drehte sich zu ihm um, berührte ihn auf eine Art, die sein Inneres in Brand setzte, wie die Sonne den Himmel. «Wir ziehen unsere Kraft aus der Natur.» Ihre Worte klangen so voller Leidenschaft, so voll Glauben.

«Hast du schon immer geglaubt, dass alles möglich ist?»

«Von klein auf war mein Leben eine Mischung aus Illusion und Realität. Woran sollte ich denn sonst glauben, wenn nicht an endlose Möglichkeiten?» Sie wandte ihre Aufmerksamkeit von der Morgendämmerung ab und der Angelegenheit zu, um die es ging. «Tragen die Mitglieder vom *Rose and Thorn* alle ihren Ring?»

«Das sollten sie zumindest. Aber ich kann wohl kaum eine genaue Inspektion von jedem einzelnen Ring verlangen.»

Sie fuhr leicht die Form seiner Hand nach. «Du trägst deinen nicht.»

«Nein. Und das werde ich auch nicht.»

«Niemals?»

«Als meines Vaters Erbe habe ich auch die Mitgliedschaft im Club geerbt. Es ist kein Weg, den ich von mir aus verfolgt hätte.»

«Kannst du ablehnen?»

«Mit Sicherheit. Sobald ich den Mann demaskiert habe, der für den Tod meines Vaters verantwortlich ist, werde ich die Truppe nicht mehr brauchen.»

«Und gemeinsam werden wir dem *Gaslight Theater* neues Leben einhauchen, mit der Ankunft der bewegten Bilder.»

Sie tat nichts von dem hier, weil sie sich etwas aus ihm machte, ermahnte Gray sich – es war nur wegen dieses verflixten Theaters. Sie würde es nie verstehen. Das Theater, das bei Aurora offensichtlich Erinnerungen an glückliche Tage wachrief, stand für ihn für vieles von dem, was zwischen seinen Eltern falsch gelaufen war. Celestes Niederträchtigkeiten und die unglückselige Partnerschaft von seinem Vater und Julian, um nur einiges zu nennen. Gray hatte sich vor Jahren geschworen, alles allein durchzustehen, im beruflichen sowohl wie im privaten Leben. Dennoch war es im Augenblick gut, wenn Aurora glaubte, dass sie ihm und seiner Sache nützlich sein konnte. Es würde sie beschäftigen und sie ihm aus dem Weg halten.

Obwohl er sie nicht aus seinem Bett haben wollte. *Erlaube niemals einer Frau, dich von deinen Zielen abzulenken*, ermahnte er sich.

Er wandte sich abrupt zu ihr um. «Ich verlasse dich jetzt, damit du versuchen kannst, etwas Schlaf zu bekommen. Du wirst alle deine Kräfte für die Party des heutigen Abends brauchen.»

«Wirst du auch schlafen?», fragte sie sanft.

Mit dir an meiner Seite. Er schluckte die automatische Antwort herunter. «Ich brauche nicht viel Schlaf», sagte er knapp.

Sie trat einen Schritt dichter an ihn heran, als ob sie schon die Entfernung sah, die er so verzweifelt versuchte, zwischen sie zu bringen. «Du Glücklicher», sagte sie. «Wirst du bleiben, während ich wegdöse?»

«Ein anderes Mal vielleicht. Es gibt Dinge, die meine Aufmerksamkeit verlangen.»

«Diese Verantwortlichkeiten, von denen wir vorhin sprachen?»

«Genau.» Für einen Augenblick spürte er, wie er schwankte, und bekräftigte seine Entschlossenheit. «Schlaf gut, meine Liebe.»

Aurora träumte von Nebel. Dick und dunstig und desorientierend dämpfte er ihre Sinne, das Gehör und die Sicht. Sie hätte eigentlich Panik spüren müssen, doch durch alles hindurch wusste sie, dass Grayson für sie da wäre und sie nichts zu fürchten hätte.

Hatte sie nur von dem Nebel geträumt oder hatte sie ihn heraufbeschworen? Aurora fragte sich das, als sie aus dem Bett stolperte, der Kopf noch wirr von den unregelmäßigen Schlafzeiten. Sie musste den ganzen Tag verschlafen haben, denn die Abenddämmerung war heimlich in das Zimmer eingedrungen, und geheimnisvolle Schatten lauerten direkt hinter der Peripherie ihres Sichtfelds, wo alles im Nebel lag.

Sie ging zum Fenster, aber das Gelände war in Schatten gehüllt, gefangen von geheimnisvollen Nebelfingern.

Am Waschtisch, als Aurora sich kühles Wasser ins Gesicht spritzte, versuchte sie, sich das Gespräch ins Gedächtnis zu rufen, das sie mit Grayson beim Sonnenaufgang geführt hatte. Sie musste erfahren, wer den beschädigten Ring trug. Nachdem sie sich erst nicht entscheiden konnte, was sie heute Abend unter ihrem Umhang tragen sollte, lächelte sie, sehr zufrieden mit ihrer Entscheidung, als sie angezogen war.

Sie hüllte sich in den bordeauxroten Umhang, den sie über den Fuß ihres Bettes drapiert fand. Aber ihr Lächeln verging, als sie die dazugehörige Maske entdeckte, die wie die Maske eines Scharfrichters gestaltet war. Wäre jede Maske so ähnlich geformt? Dieses Kopfstück würde ihre Gesichtszüge ebenso effektiv verbergen wie ihre Haare, sodass niemand wissen würde, wer sie war. Nicht einmal Grayson.

Sie zog die Maske über ihren Kopf. Sie fühlte sich heiß und einengend an, klaustrophobisch. Geräusche wurden gedämpft. Selbst ihre Bewegungen fühlten sich merkwürdig und unbeholfen an. Sie riss die Maske herunter und warf sie zur Seite, wo sie auf dem Bett hingegossen wie ein Pfütze Rotwein lag. Oder Blut. Sie erschauderte angesichts ihrer Phantastereien, als sie sich fertig machte.

Schwache Partygeräusche drangen nach oben, als sie sich mit Parfüm besprühte und schließlich die Maske wieder aufsetzte. Mögen die anderen Schauspielerinnen doch nackt sein unter ihren Umhängen, sie bevorzugte ihre Wahl.

Einmal unten, erwies die Anonymität sich wieder einmal als Hauptmerkmal des Abends, selbst die einzelnen Stimmen waren unter den Kapuzenmasken schwer zu unterscheiden. Spieltische für Glücksspiele mit Würfeln oder Karten forderten die Aufmerksamkeit der Gäste, die sich frei untereinander mischten und von dem glitzernden Champagnerbrunnen in der Mitte des Ballsaales tranken.

«Herzlich willkommen.» Ein maskierter Mann begrüßte sie, als sie den Raum betrat. «Lust, Ihr Glück an den Tischen zu probieren?»

«Ich glaube, ich gönne mir erst mal ein paar Minuten, um mich zu orientieren.»

«Denken Sie dran, die Auktion findet um Mitternacht statt.»

«Die Auktion?»

«Heute Nacht bieten die Männer für die Begleitung ihrer Wahl.»

«Aber ich dachte … Was ist mit den Farben?»

Der Mann lachte nur und ließ sich forttreiben, als hätte sie etwas Lustiges gesagt.

Eine Frau, die wie eine Zigeunerin angezogen war, wirbelte an ihr vorbei. Sie murmelte etwas, das klang wie «Hüte dich vor dem Dorn», als sie vorbeieilte, sodass Aurora noch verwirrter war als jemals zuvor. In ihrem Kielwasser kam ein Mann vorbei, der Aurora eine langstielige rote Rose überreichte, deren Dornen sorgfältig vom Stiel entfernt worden waren.

«Eine Rose ohne Dornen», murmelte Aurora. Wenn das also nicht der Dorn war, vor dem sie sich vorsehen sollte, was dann?

Die Rose in der Hand, machte Aurora sich langsam auf den Weg durch den überfüllten Raum, von Spieltisch zu Spieltisch. Wusste Grayson von der Auktion? Sicher wusste er, welche Farbe sie trug. Sicher würde er keinem anderen Mann erlauben, Anspruch auf sie zu erheben.

Ihr Blick kreiste im Saal umher. Ihr Puls raste, als sie gewahr wurde, dass alle Männer schwarze Smokings trugen und ihre Gesichtszüge durch identische schwarze Kapuzenmasken verborgen wurden. Die Kostüme verliehen den Aktivitäten des Abends eine unheilvolle Atmosphäre.

«Ringe», murmelte sie vor sich hin, als sie sich ein Glas Champagner nahm. «Jetzt ist die perfekte Gelegenheit, ihre Ringe zu studieren.» Sie steckte die Rose unter die Vorderseite ihres Umhangs und fühlte ihren Stiel an ihrem Brustbein ruhen.

Betont gelassen schlich sie sich an einen filzüberzogenen

Spieltisch heran, wo ein einsamer Spieler dem Kartengeber gegenüberstand. Sie spürte die Art, wie er sie hinter den Augenlöchern seiner Maske hervor beobachtete, unfähig zu sagen, ob es freundliches Interesse oder dunkle Drohung bedeutete.

«Möchten Sie eine Wette abgeben?» Seine Worte waren verständlich, aber nicht seine Stimme.

Aurora schüttelte den Kopf. Sie sah genau hin, als er die Würfel nahm. Das Geräusch, das sie in seiner hohlen Hand verursachten, klang beinahe wie das Klappern von Knochen. Licht blitzte von seinem Ring. Intakt. Aurora atmete tief und stoßartig aus und spürte, dass sie zu schwitzen begann. Er gewann seinen Wurf.

Sie wanderte an den nächsten Tisch, dann den übernächsten und konnte nie ganz das Gefühl abschütteln, dass jemand jede ihrer Bewegungen genau registrierte.

Es konnte doch bestimmt niemand wissen, was sie im Schilde führte? Als sie spürte, dass man ihr von hinten auf die Schulter klopfte, sprang sie schuldbewusst hoch. Spionage war offensichtlich nicht ihr größtes Talent.

Es war eines der Mädchen, das sich nahe zu ihr beugte und seine Stimme erhob, um verstanden zu werden. «Es ist bald Zeit für die Auktion.»

Aurora nickte unbestimmt. Das Problem mit den identischen Smokings der Männer war, dass sie sie nicht voneinander unterscheiden konnte, während sie von hier nach dort gingen. Obwohl sie Dutzende Ringe gesehen hatte, hätte sie die gleiche Handvoll immer wieder gesehen haben können.

Sicherlich gab es einen besseren Weg, um Grayson zu helfen. Sie schaute sich im Raum um. Wenn sie nur mit Sicherheit gewusst hätte, welcher er war, hätten sie sich vertraulich miteinander beraten können. Aber sie konnte nicht herausfinden, welche Kapuzenfigur er war, oder ob er überhaupt anwesend war. Sicherlich war er irgendwo und wartete darauf, bei der Auktion auf sie zu bieten.

Eine einsame, dunkle Figur stand abseits in der Nähe eines durch einen Vorhang abgetrennten Alkovens und beobachtete sie. Wenn sie es recht bedachte, so hatte er sie von Anfang an beobachtet, seit sie heruntergekommen war. Sie wusste, dass es derselbe Mann war, da er keinen Ring trug. Es musste Grayson sein.

Ihre Erleichterung war von kurzer Dauer. Es könnte auch der Mörder seines Vaters sein, der es vorzog, den beschädigten Ring nicht zu tragen, damit er ihn nicht verriet.

Sie richtete ihren Blick aus und starrte zurück. Ihre Augen verhakten sich ineinander. Sie würde doch bestimmt wissen, ob ihr Beobachter wirklich Grayson war. Würde sie nicht etwas fühlen? Müsste ihr Blut nicht singen, ihr Puls sich nicht beschleunigen?

Lächerlich! Sie standen zu weit voneinander entfernt, als dass ihre inneren Sinne Grayson hätten erkennen können, ganz zu schweigen davon, auf seine Gegenwart reagieren.

Der Mann machte sich auf den Weg zum Kopfende des Raumes, wo er mit einem Löffel an seinen Champagnerkelch schlug. Vielleicht war es *wirklich* Grayson, als Gastgeber. Stille senkte sich über die Menge, die Spieltische wurden mit einem Schlag ruhig.

«Und jetzt, Gentlemen des *Rose and Thorn*, das Ereignis, dem Sie alle entgegenfiebern: die alljährliche Sklavenauktion des Clubs. Sie haben die Chance, auf die Schönheit Ihrer Wahl zu bieten. Die Frau, die für den Rest des Abends ihre Sklavin sein wird. Die Herausforderung ist, dass Sie keine Ahnung haben, welche Schönheit die Rose Ihrer Wahl ist. Wenn ich die Damen bitten dürfte, sich hier am Kopfende in einer Reihe aufzustellen.» Es war ein gehorsames Schlurfen zu hören, als die Frauen, Aurora eingeschlossen, seiner Bitte folgten.

«Gentlemen, Sie dürfen schauen, aber nicht berühren. Sie wissen natürlich, dass jede einzelne schön und unendlich talentiert ist. Es gibt keinen Dornenbusch unter diesen Rosen. Aber maskiert und unter einem Umhang verborgen: Erkennen Sie die eine, die Ihr Blut stärker in Wallung bringt als ihre sprühenden Schwestern?»

Verfluchte Kapuzenmaske! Sie konnte die Worte verstehen, aber nicht die Stimme erkennen. Während er sprach, ging einer der Kartengeber an der Reihe der Mädchen entlang, und Aurora hörte ein gedämpftes Rasseln. Bevor Aurora wusste, wie ihr geschah, war sie an den Frauen zu ihren beiden Seiten festgemacht, an beide gebunden durch eine locker sitzende Kette an jedem Handgelenk.

«Was zum …?» Aurora zog an ihrer Kette, aber konnte sich nicht befreien.

«Mach dir keine Sorgen, meine Liebe», sagte die Frau zu ihrer Rechten. «Der Anblick der Ketten macht die Gents so richtig heiß. Manche von den Dreckskerlen glauben wirklich, dass sie eine Sklavin kaufen.»

«Aber…»

«Das gehört alles zur Show dazu. Heute die Auktion, morgen das erotische Bühnenstück. Man muss den Gents was bieten für ihr Geld.» Während sie sprach, ließ sie ein Stück bloßes Bein unter ihrem pfirsichfarbenen Umhang hervorblitzen – sehr zur Freude der Männer, die zwischen den Mädchen herumliefen. Aurora kreischte, als jemand sich an sie herandrängte und in den Hintern kniff.

«Aber, aber Gentlemen. Sie kennen die Regeln. Sehen, aber nicht berühren.»

«Woher wissen wir, dass es echt ist, wenn wir nicht eine Handvoll packen?»

«Käufer, seid vorsichtig», intonierte ihr Gastgeber mit einer lüsternen Lache.

Der Käufer war nicht der einzige, der sich vorsehen sollte, dachte Aurora, als sie das Meer von schwarzen Kapuzenmasken vor sich schwimmen sah. Was tat sie hier?

Sich selbst freiwillig aus Leidenschaft Grayson zu schenken war eine Sache. Aber sich wie Vieh aufgereiht zu finden, um dem Meistbietenden übergeben zu werden? Wie konnte sie nur entkommen?

Als das Bieten begann, versuchte Aurora, nicht in Panik auszubrechen.

Vielleicht würde keiner für sie bieten. Sicher wussten die Männer, welche Schauspielerinnen es ihnen angetan hatten und hatten es im Laufe des Abends geschafft, die Farbe ihrer Favoritin herauszufinden. Ihre Hoffnungen zerschlugen sich, als das Bieten losging, denn die Männer waren lebhaft, unanständig und ausgesprochen kampfeslustig. Jeder Gewinner voll des Triumphes, jeder Verlierer ganz klar zerschlagen.

Sie boten nicht mit echtem Geld, sondern mit Chips, die sie vorher beim Spielen gewonnen hatten, bemerkte Aurora. Also war das alles Teil ihres Spieles, eines, in dem sie von den vergangenen Jahren her sehr versiert waren. Der erfolgreichste Spieler konnte sich die Frauen aussuchen. Und den meisten Männern, das wurde ihr schnell klar, war es ziemlich egal, welche Frau sie gewannen, solange sie nicht wiederholt beim Bieten unterlagen – so wurde die Auktion zum größten Glücksspiel überhaupt.

Allzu bald war sie an der Reihe. Sie wurde angewiesen, einen Schritt nach vorne zu treten. Die Ketten zogen sich straff, als sie das tat. Eulenhaft hinter ihrer Maske hervorblinzelnd, übersah sie die Menge. Welcher war Grayson? Würde er sie erkennen? Wichtiger noch für den Fall, dass der Preis sich hochschrauben würde – war er an den Spieltischen erfolgreich gewesen? Aber vielleicht würde sowieso niemand für sie bieten.

Diese Hoffnung war von kurzer Dauer. Das Bieten begann lebhaft. Als der Preis höher kletterte, stiegen die Männer nach und nach aus, bis nur zwei übrig blieben, von denen einer der war, der die Veranstaltung leitete. Von nahem sah sie, dass er zu klein war, um Grayson zu sein. Und ihr Mut sank, als ihr klar wurde, dass er sie den ganzen Abend beobachtet hatte, entschlossen, sie zu der Seinen zu machen.

Sein Gegenspieler, den Aurora nicht ausmachen konnte, stand hinten in der Menge. So tief im Schatten, dass sie nicht in der Lage war zu erkennen, ob er groß oder klein war, stämmig oder schlank, während die Maske das Gehör dämpfte.

Grayson gab sein Gebot ab. Die Frau hatte offensichtlich keinen blassen Schimmer. Er hatte es im selben Augenblick gewusst, als Aurora den Raum betrat. Er hatte beobachtet, wie sie die dornenlose Rose annahm, die er ihr gereicht hatte, gesehen, wie sie sie dicht an ihrem Herzen angebracht hatte, ohne zu wissen, woher sie kam.

Er hatte nicht alles über die Auktion gewusst, und als er versuchte, Aurora zu erreichen, sie zu warnen, dass sie lieber fortgehen sollte, war es zu spät gewesen. Sie war zusammen mit den anderen Frauen angekettet, um wie eine Ware verhökert zu werden.

Er wusste sehr genau, wer gegen ihn bot: Julian. Er wusste auch, dass sein Patenonkel von Anfang an hinter Aurora her gewesen war. Wahrscheinlich war Aurora die eine Frau hier, die Julian noch ausprobieren musste. Grayson hatte angestrengt an den Spieltischen gespielt, oft und hoch gewonnen.

Die Frage war, hatte er mehr Glück gehabt als Julian?

Neun

Unter der verflixten Maske versuchte Aurora vergeblich, ihre trockenen Lippen anzufeuchten. Sie wollte nicht hier sein, sie gehörte hier nicht her. Eine Tatsache, die noch offensichtlicher wurde, als die anderen Frauen anfingen, feindselige Blicke in ihre Richtung zu schicken, sobald offensichtlich wurde, dass keiner der Männer von seinem Verlangen Abstand nehmen wollte, sie für sich zu beanspruchen.

«Alberne Arschlöcher. Wissen sie denn nicht, dass wir im Dunkeln alle gleich sind?», tönte jemand hinter ihr.

Eine zweite Frau sprach laut genug, sodass alle es hören konnten. «Was glaubt ihr denn, macht diese so Besonderes?»

Aurora verlagerte ihr Gewicht von einem Fuß auf den anderen. War es ihre Einbildung, oder wurden die Ketten enger, als das Bieten eskalierte? Sie wünschte sich schon aus vollem Herzen, sie wäre nie mit dem Ballon auf Graysons Gut geflogen, wäre nie inmitten dieses mittsommernächtlichen Irrsinns gelandet.

Aber das hieße, dass sie Grayson nie kennengelernt hätte.

Sie zwang ihre Aufmerksamkeit zurück zur Auktion. Gerade rechtzeitig, um das letzte Angebot des Mannes vom hinteren Ende des Raumes zu hören. Ihr Blick flog zu dem Mann an der Vorderseite. Hinter der Maske funkelten seine Augen mit eiserner Entschlossenheit, und Aurora stockte der Atem. Er öffnete seinen Mund, um ihn plötzlich wieder zu schließen. Ein erwartungsvolles Schweigen befiel die Zuschauenden. Die Stille nahm ohrenbetäubende Ausmaße an.

Als er zu sprechen anhob, klang seine Stimme kühl und unbeteiligt. «Verkauft an den beharrlichen Gentleman im hinteren Teil des Raumes. Die Nächste.»

Aurora atmete mit einem Schlag aus, dabei spürte sie, dass sie mit dem Mann vorne noch nicht fertig war, der sie insgeheim weiterhin beobachtete, selbst als er erfolgreich für eine der Schauspielerinnen geboten hatte.

Endlich war die Auktion vorbei, und jeder Mann erhielt einen winzigen silbernen Schlüssel, um seine Lady loszuschließen. Aurora schaute zu ihrem Champion auf, dessen Augen nichts verrieten. Sie rieb sich die Handgelenke, als sie das Klicken ihrer Freiheit vernommen hatte. Oder entließ er sie nur für eine andere Form der Gefangenschaft?

Als er ihr einen Arm bot, zögerte Aurora. Falls Grayson vor ihr stand, würde er ihr mit Sicherheit ein Zeichen geben, um sie zu beruhigen. Er wusste, dass sie nur anwesend war, um ihm zu helfen. Oder tat er es? Sie beobachtete ihn genau, wartete auf einen Wink, eine kleine Geste der Versicherung, aber es kam nichts. Ihr Herz war schwer, als sie ihre Hand durch seine Armbeuge steckte.

«Werden wir ... werden wir die Party so schnell verlassen?»

«Sicherlich sind Sie selber ähnlich bestrebt, allein an einem ungestörten Ort zu sein?»

Sie konnte nichts Bekanntes in seiner Stimme entdecken und sehr wenig Trost in seinen Worten oder der Art, wie er sie dicht zu sich heranzog. «Eigentlich», sagte Aurora, «hätte ich Lust auf etwas frische Luft. Sollen wir zuerst einen kurzen Spaziergang durch den Park machen?»

Vielleicht könnte sie draußen, unter dem Schutz der Dunkelheit, ihren Begleiter und ihre Kapuze verlieren und in die Sicherheit ihres Zimmers entkommen.

Er zog plötzlich und stellte sich so, dass er sie ansah. Wenn er ihr nicht wirklich den Weg versperrte, so deutete seine Haltung darauf hin, dass er dazu durchaus bereit wäre. «Vielleicht ist das noch nicht deutlich geworden – du bist meine Sklavin für diese Nacht.»

In Aurora regte sich der Widerstand gegen seine Taten und

seine Worte. «Ich habe keine Lust, irgendjemandes Sklavin zu sein», sagte sie kühl. «Und ich habe einen starken Widerwillen dagegen, herumkommandiert zu werden.»

Sein Mund hinter der Maske wurde schmal. «Sei gewarnt: ein guter Kampf dient nur dazu, die Erregung zu erhöhen. Jetzt komm.»

Bevor sie seine Absicht auch nur ahnen konnte, packte er die unteren Enden ihrer Maske und drehte sie herum, sodass sie in vollkommene Dunkelheit gehüllt war.

«Ich bekomme keine Luft!»

«Halt still.» Er schlug den unteren Teil der Maske nach oben und befreite so ihre Nase und ihren Mund, während er zugleich die Abdeckung über ihren Augen verdoppelte. Sie sog eine willkommene Lunge voll frischer Luft ein.

«Warum tun Sie das? Wo bringen Sie mich hin?»

«Sklavenmädchen bleiben still, bis sie die Erlaubnis erhalten zu sprechen.»

Er hielt sie mit festem Griff gepackt, als er Aurora aus dem Ballsaal herausführte, durch Flure, um Ecken, Treppen herauf und herunter, bis sie vollkommen desorientiert war.

Die Partygeräusche nahmen mit der Entfernung ab, bis sie sie überhaupt nicht mehr wahrnehmen konnte. Alles, was sie hörte, war ihr eigener, schwergehender Atem. Oder war es seiner?

Schließlich hielt er an. Sie hörte das Knirschen eines Schlüssels in einem Schloss, das Quietschen einer Türklinke, die gedreht, und einer Tür, die geöffnet wurde, bevor sie in einen Raum hineingeschoben wurde. Dann der unheilvolle dumpfe Schlag, als die Tür sich schloss, der Schlüssel kratzte. Als Aurora ihre Hände zu ihrer Maske hob, hielt er sie mit Gewalt davon ab.

Mit seinen Händen auf ihren wusste sie es endlich und wäre beinahe vor Erleichterung an ihn gesunken. Graysons Hände, Graysons Berührung.

Welches Spiel spielte er also? Wollte er ihre Loyalität testen?

Das war ein Spiel, das zwei ebenso gut spielen konnten wie einer.

«Muss ich im Dunkeln bleiben?»

«Findest du nicht, dass die fehlende Sicht die anderen Sinne schärft?»

«In diesem Augenblick spüre ich die Kälte des Raumes.»

«Das geht auf keinen Fall. Bleib hier stehen, ich entzünde das Feuer.»

Aurora bewegte sich in die Richtung, in die er sie steuerte, und sog hörbar die Luft ein, als ihre Hände rau gepackt, um etwas, das ein Bettpfosten sein musste, herumdrapiert und sehr geschickt festgebunden wurden.

«Da wären wir», sagte er offensichtlich befriedigt. «Jetzt brauche ich mir keine Sorgen mehr zu machen über irgendwelche Versuche von deiner Seite, durchzubrennen oder dir deine Maske herunterzureißen.»

Sie hätte ihm beinahe gleich hier und jetzt erzählt, dass sie wusste, wer er war, aber ein schwaches Nagen der Erregung hinderte sie daran.

Er wusste, wer sie war … aber nicht, dass sie seine Identität erraten hatte. Wenn er Herr und Sklavin spielen wollte, warum sollte sie ihm das kleine Spiel verderben?

Also, was würde Grayson am meisten erregen? Unterwürfig und gefügig sein? Furchtsam sein und um Freilassung betteln? Sie wusste, dass er nichts als Verachtung für eine Frau übrighätte, die er für unterwürfig und furchtsam hielt.

Jemand, der seine Annäherungsversuche bekämpfen würde? Es würde schwierig sein, ihn zu bekämpfen, wo sie sich doch schon jetzt nach seinem Kuss verzehrte, sich nach seiner Berührung sehnte.

Als sie hörte, dass er wieder zu ihr zurückkam, zog sie an ihren Fesseln. «Mach mich los, du Rüpel. Lass mich dich ansehen und herausfinden, was für ein Typ Mann eine hilflose Frau fesselt.»

«Das glaube ich nicht. Das mit der hilflosen Frau, meine ich.» Er öffnete ihren Umhang, der neben ihren Füßen zu Boden rutschte. Unerschrocken kickte sie ihn zur Seite.

«Das ist reizend», sagte er anerkennend und spielte mit dem Ausschnitt ihres Kleides. Aurora musste sich ein Lächeln verkneifen. Sie hatte an Grayson gedacht, als sie sich für den heraufziehenden Abend angezogen hatte. Das Kleid war elegant in seiner Einfachheit. Pur herabfallende, körperschmeichelnde, elfenbeinfarbene Seide von der gleichen Farbe wie ihre Haut, sodass es schwer zu sagen war, wo das Kleid endete und die Frau begann. Das Kleidungsstück war zweifellos dafür bestimmt, nur in der Intimsphäre des eigenen Zimmers getragen zu werden. Da es vorne tief ausgeschnitten war und an ihren Brüsten und Hüften klebte, unterstrich es die Tatsache, dass sie darunter splitterfasernackt war.

Sie konnte sich gut vorstellen, wie sie aussehen musste, gebunden und maskiert, beim Licht des Feuers, das die Silhouette ihrer nackten Glieder durch das reinseidene Kleid hindurchscheinen ließ. Grayson war sicher in der Lage, ihre Brüste wahrzunehmen, die Konturen ihrer Nippel, steif vor Erregung. Die Art, wie ihre Hüften in die gerundete Kurve ihres Hinterns übergingen, und die Umrisse ihrer Beine.

Sie bewegte sich etwas und spürte die Art, wie die Seide die weichen Locken streifte, die ihren Venushügel bewachten. Sie spürte, wie sie durch die Vorfreude nass wurde. Provokativ ließ sie ihre Zunge über die Lippen kreisen, stellte sich vor, wie sie nass im Feuerschein glänzten. Dunkelrot. Seinen Kuss erflehend.

«Was machst du gerade?», fragte sie.

«Dich anschauen.»

«Malst du dir aus, was du mit mir tun wirst?»

«Vorfreude kann die eigentliche Lust in der Tat verstärken», stimmte er zu.

«Und werden wir Lust erfahren?»

«Ich glaube, Lust ist unausweichlich.» Er ließ eine Hand über eine Brust gleiten, stimulierte ihren Nippel mit seiner Handfläche.

Ihre Reaktion kam prompt, überraschte sie beide, als sie sich von einer Seite zur anderen drehte, um seine Berührung zu verstärken und ihre eigene Freude zu intensivieren.

«Gefällt es dir?»

«Binde mich los, und ich zeige dir genau, wie sehr.»

«Noch nicht.» Sie spürte heiße, gedämpfte Feuchtigkeit, als sein Mund seine Hand ersetzte. Durch den Stoff hindurch saugte er sanft an ihr, ließ seine Zunge genüsslich um ihren Nippel kreisen.

Aurora atmete heftig aus, spürte sofort den Zug eines lustvollen Gefühls von der Brust zum Unterbauch.

«Immer noch interessiert daran zu kämpfen?», fragte er träge.

«Sagten Sie nicht, ein guter Kampf verstärke die Erregung?»

«In der Tat. Aber ich habe dir auch gesagt, dass du für diese Nacht meine Sklavin bist. Eine Sklavin ist unterwürfig. Gehorsam. Bedingungslos.»

«Vielleicht sollten Sie mich gegen eine andere Sklavin eintauschen. Eine, die Ihnen sicherlich besser gefiele, mit ihrer unterwürfigen Natur.»

«Du hast Feuer», sagte er. «Feuer kann äußerst nützlich sein.»

«Feuer kann auch zerstören.»

«Ist das dein Begehren? Mich zu zerstören?»

Sie hatte nicht den Wunsch, ihn zu zerstören, aber sie würde die Gelegenheit begrüßen, ihn auf die Knie zu bringen. «Ich würde es vorziehen, die Herrin zu sein, mit dir als Sklave.»

«Und was würdest du mir zu tun befehlen?»

Er umkreiste sie, während er sprach. Sie spürte das langsame, ruhige, pantherartige Umherstreifen. Wie seine Augen jeden einzelnen Quadratzentimeter ihrer Formen vermaßen, und wusste, auf was für eine hungrige Art er sie ansah. Sie konnte das schwere Verlangen in seinem Blick förmlich spüren, jedes bisschen davon so erregend wie das Begehren in seiner Berührung.

Ihre Haut prickelte vor Begehren. Sie spürte das Kribbeln, als feine Haare sich aufrichteten und winzige Perlen von Feuchtigkeit an unerwarteten Orten auf ihrer Hautoberfläche tanzten – den Kniekehlen, dem Tal ihrer Brüste, der oberen Rundung ihrer Pobacken.

Sie hielt den Atem an und leckte erwartungsvoll ihre Lippen. «Was würde ich dir zu tun befehlen? Hmmmmm …»

Noch einmal fuhr sie mit ihrer Zungenspitze über die Konturen ihrer Lippen. «Zuerst würde ich dir befehlen, dich zu entkleiden. Und dann müsstest du mein Haar bürsten.»

«Dein Haar bürsten?»

«Es ist ein sehr angenehmes Gefühl, die Haare gebürstet zu bekommen. Die Wurzeln sind außergewöhnlich empfindlich. Ich liebe die Art, wie die Kopfhaut kribbelt.»

Unvermittelt legte er seine große, warme Hand quer über ihren Hügel. Sie spürte, wie seine Hitze durch die dünne Seide hindurchging, und rieb sich äußerst begierig an ihm, um ihn aus dem Gleichgewicht zu bringen. Sollte er ruhig denken, dass sie so auf jeden beliebigen Mann reagierte, der in ihre Nähe kam.

«So etwa?» Er spreizte seine Finger weit, als wolle er alle ihre weiblichen Geheimnisse umfassen. Sein Handballen, der anzüglich auf sie gepresst war, entflammte ihren bereits überstimulierten Knubbel. Sie spürte, wie Nadelstiche der Anspannung an der Innenseite ihrer Oberschenkel auf und nieder rasten.

«Nicht ganz das Haar, das ich meinte, aber nichtsdestoweniger bewirkt es ein sehr angenehmes Kribbeln.»

«Vielleicht solltest du dich für mich entkleiden.»

«Das könnte ich. Solltest du dich dafür entscheiden, mich loszubinden», erwiderte Aurora.

«Ah, aber ob du dich fügst oder nicht, ist ein vollkommen anderes Thema. Ich muss erst Beweise dafür sehen, die mich davon überzeugen, dass du tust, was ich dir sage.»

«Welche Beweise forderst du?»

«Lass das mal meine Sorge sein. Ich bin ziemlich geschickt darin, meine Angelegenheiten selber in die Hand zu nehmen.»

Sie spürte, wie kalter Stahl über ihre Schulter glitt. Einen Augenblick, bevor die Messerklinge die Träger ihres Kleids durchtrennte und das transparente Kleidungsstück an ihrem Körper hinabglitt. Sie merkte, wie es um ihre Füße herumfloss wie eine Pfütze verschütteter Sahne und ihre Erregung zunahm.

«Ich sagte, ich würde anordnen, dass *du* dich entkleidest, nicht ich.»

«Vertauschte Rollen», sagte er freundlich. «Was müsste dein loyaler Sklave als Nächstes tun?»

Aurora dachte einen Augenblick nach. «Ich würde dich anweisen, mich mit deinem Mund zu lieben. Jeden Fleck meiner Haut zu küssen und zu lecken und zu schmecken, ausgehend von meinen Füßen.»

«Das sind ziemlich große Freiheiten für einen Fremden, findest du nicht?»

«Es geht um meine Lust», entgegnete Aurora.

«Also soll ich dich in Ekstase versetzen, ohne selbst dabei Erleichterung zu finden, ist es das?»

«Genau», bestätigte Aurora.

«Vertauschte Rollen», sagte Grayson. «Das bedeutet, ich entzünde dich fieberhaft, aber gewähre dir keine Erlösung.»

«Ich bezweifle, dass du dazu fähig bist», sagte Aurora und mimte Langeweile. «Die meisten Männer sind nur darauf gerichtet, ihre eigenen Bedürfnisse zu befriedigen und denen der Frau kaum Beachtung zu schenken.»

«Sagt wer?», fragte er, offensichtlich wütend über ihre Aussage.

«Frauen sprechen untereinander. Die Typen vom *Rose and Thorn* gehören zumeist zu den selbstsüchtigsten Liebhabern. Oder sie trinken zu viel, bis der Alkohol ihre Leistung einschränkt, dann beschuldigen sie die Frauen für ihre Unzulänglichkeiten.»

«Du wirst sehen, in diesem Zimmer gibt es keine Unzulänglichkeiten.»

«Wirklich?» Aurora warf ihm ihre Herausforderung zu Füßen wie einen unsichtbaren Handschuh. «Dann beweise es.»

«Alles zu seiner Zeit. Stimmten wir nicht darin überein, dass die Vorfreude ein Teil des Vergnügens ist?»

«Ich habe überhaupt bei gar nichts zugestimmt.»

«Dennoch standest du zwischen den anderen Frauen auf der Verkaufsfläche der Auktion, oder etwa nicht? Hast es dem Zufall überlassen, mit wem du für den Rest der Nacht enden würdest.»

Aurora schluckte ihr Lächeln der Befriedigung hinunter, als sie den frustrierten Klang seiner Stimme bemerkte. Er war sich ihrer nicht sicher. «Das Leben ist voller Zufälle», sagte sie spielerisch. «Liebhaber sind mehr oder weniger austauschbar.»

«Das werden wir noch sehen. Bist du kitzlig?»

«Warum willst du das wissen?»

Sie spürte die sanfte Berührung einer fedrigen Spitze auf ihren Schultern. Sie kitzelte die Unterseite ihrer Arme, kam bis fast an ihre Brüste heran und glitt fort. Sie spürte die langsame, verführerische Reise der Feder, die ihren Rücken liebkoste und tiefer rutschte, als sie in die Spalte ihres Hinterns eintauchte. Von dort glitt sie zwischen ihre Beine, schwebte mühelos das Innere des einen Oberschenkels hinunter und den anderen wieder hinauf.

Aurora bebte von diesem stimulierenden Gefühl, unwillig zu offenbaren, wie sehr sie in Wirklichkeit ihr kleines Spielchen genoss.

«Welche Sorte Liebhaber braucht Requisiten, um einer Frau zu gefallen?»

«Die beste Sorte. Ein eingebildeter Geliebter.»

«Das behauptest du.»

Sie hörte, wie er scharf einatmete und wusste, dass sie ihn quälte, ihn antrieb. Wusste, dass er sich danach sehnte, sie zu küssen, wenn auch nur, um sie zum Schweigen zu bringen. Bestimmt fragte er sich auch, ob sie seine Identität erraten hatte.

Sie stieß vor Überraschung einen schrillen Schrei aus, als er die Wangen ihres Hinterteils mit seinen Händen umfasste und quetschte. Sie spürte seine Brust auf ihrem nackten Rücken, als er seine Länge an sie anschmiegte. Sein Atem war heiß in ihrem Ohr, als er sprach, seine Worte so tief, dass sie ihr Gehör anstrengen musste, um sie wahrzunehmen.

«Solch schöne, makellos weiße Haut.» Er quetschte härter, kratzte mit seinen Fingernägeln über ihre Pobacken. «Ich bin ziemlich sicher, dass du niemals den Riemen einer Peitsche gespürt hast.»

Er würde es nicht wagen!

Aurora wandte ihm ihren Kopf zu. Sein Kinn berührte leicht ihre Wange. «Nur die schwächsten aller Männer greifen im Schlafzimmer auf gewalttätige Methoden zurück.»

«Du hast kaum eine Vorstellung von meinen Vorlieben.»

Sie knabberte spielerisch an seinem Kinn, dann leckte sie sich die Zähne, als genösse sie seinen Geschmack. «Du schmeckst mir gut.»

Er ließ plötzlich von ihr ab. «Du bist nackt und gefesselt. Warum bist du nicht demütig?»

«Vielleicht, weil ich dir ebenbürtig bin und wir beide das wissen?»

«Vielleicht, weil ich in Wirklichkeit dein Sklave bin und wir beide das wissen?»

Er kam wieder nahe heran, heftete seine Lippen auf die Rückseite ihres Halses. Sie schauderte. Seufzte atemlos. Zog an ihren Fesseln.

«Lass mich los. Erlaube mir, dich so zu berühren, wie ich es ersehne.»

«Ich mag es, wenn du mir auf Gedeih und Verderb ausgeliefert bist.» Er wandte seine Aufmerksamkeit weiter ihrem Rücken zu, leckend, züngelnd, sie mit seinen heißen, nassen, tiefen Küssen entzündend.

Sie bewegte sich gegen ihn, mit ihm, verlangte mehr.

«Stell dich breiter hin.»

Sie tat, wie ihr geheißen war. Er erreichte das Ende ihres Rückens und ging zu den Pobacken über, liebkoste ihre gerundete Form, zeichnete die trennende Spalte nach. Er verfolgte die Falte, forschte und leckte, bevor er ihre Wangen teilte und den winzigen Mund ihres Anus bloßstellte. Zart tauchte er mit seiner Zunge hinein.

Aurora keuchte. Ihre Klitoris pulsierte mit einem Schmerz, den nur er stillen konnte. Sie versuchte, ihre Beine eng aneinanderzupressen, um Erleichterung zu finden, aber er drückte ihre Beine weiter auseinander.

«Bleib so», befahl er.

«Und wenn ich mich weigere?» Sie liebte es, ihn aufzuziehen. Es steigerte den Spaß an ihrem Spiel.

«Ich habe Mittel und Wege, dich für deinen Ungehorsam büßen zu lassen.»

Er war im Handumdrehen zurück, und Aurora wagte kaum zu atmen, fragte sich, was er wohl als Nächstes tun würde.

Sie brauchte nicht lange zu warten. Sie spürte wieder, wie seine Finger zwischen ihre Hinterbacken glitten, sie noch nasser machten, dann öffneten und sanft etwas einführten … Nicht seine Zunge, nicht sein Finger. Sanft und schmal, dennoch fest, füllte es sie auf eine vollkommen neue Weise. Ihre Erregung wuchs, als sie versuchte sich vorzustellen, was er vorhatte.

«Ich möchte dir nicht wehtun. Sag mir, ob es sich unangenehm anfühlt.»

«Es fühlt sich merkwürdig an. Ein ungewöhnliches Völlegefühl. Ich glaube nicht, dass ich dieses Gefühl mag.»

«Geduld.» Er küsste ihr Gesäß, dann knabberte und leckte und graste er es ab wie ein hungriger Mann. Ihre Klitoris pochte und pulsierte, brauchte Erleichterung, stimuliert von dem ungewohnten vollen Gefühl und seinen riskanten Unternehmungen.

«Nimm es raus», sagte sie.

«Bist du sicher?»

«Ja. Ich sagte dir, ich mag es nicht.»

«Du weißt nicht, was es ist.»

«Ich bin nicht sicher, ob ich es wissen will.»

Er glitt herum, bis seine geschickte Zunge ihre Klitoris zu stimulieren begann. Sie stöhnte laut und zitterte. So nah, so bereit, so reif. Beim Lecken machte er hinten plötzliche, ziehende Bewegungen. Lecken und Ziehen, vorne und hinten in perfekter Harmonie. Die Stimulation, so neu und ungemütlich und dennoch erregend, trieb ihr Begehren in neue Höhen.

Als ihr Orgasmus schließlich kam, war er intensiver als jeder zuvor, und sie stand im Nachhinein zitternd da. Ihre Beine waren wie Gummi. Es dauerte eine Weile, bevor sie sprechen konnte.

«Was war das für ein Gerät?»

«Ein verknotetes Seidentuch – eine äußerst nützliche Verstärkung. Also, was sagst du jetzt über die Selbstsüchtigkeit bestimmter Liebhaber?»

«Ich würde dich aus diesem Haufen ausschließen. Aber ich wünsche nicht, dass die anderen Schauspielerinnen davon erfahren, denn sie werden alle an die Reihe kommen wollen.»

«Wenn ich dein Sklave wäre, würdest du mich mit den anderen teilen?»

«Niemals», flüsterte Aurora. «Ich würde darauf bestehen, dich ausschließlich für mich zu behalten.»

«Hervorragend. Dann kommt jetzt der Rest deiner Belohnung.»

Er fasste um sie herum nach vorne und öffnete sie weit. Sie hatte sich noch nie so hilflos gefühlt, so exponiert, so verwundbar. Die kühle Luft des Raumes an ihrem überhitzten Fleisch fächerte den Flammen ihres Begehrens frische Luft zu und erhob sie zu neuen, unerforschten Höhen.

Quälerisch streichelte er die Falte oberhalb der Oberschenkel, sorgfältig den Punkt vermeidend, an dem sie seine Berührung am nötigsten brauchte.

Aurora biss die Zähne zusammen. Sie würde nicht betteln.

Er fuhr fort, sie zu küssen und zu streicheln und zu knabbern und zu necken. Sie fühlte sich, als ob jeder Zentimeter von ihr zitterte. Er fuhr mit seinen Händen auf eine langsame, provozierende Art ihre Beine hinauf und hinunter.

«Sag, dass du mich willst.»

«Du weißt, dass ich dich will. Mein Körper verzehrt sich nach deinem.»

«Und ich allein bin es, der dich befriedigen kann.»

«Nur du», sagte Aurora.

«Du bist meine Sklavin.»

«Du versklavst mich mit mehr als diesen Fesseln oder dieser Maske.»

«Möchtest du, dass ich dich ficke?»

«Ich möchte sehr gerne, dass du mich liebst.»

«Da gibt es keinen Unterschied.»

«Ich bitte darum zu unterscheiden.»

«Unsinn. Das schöne Geschlecht nennt es nur ‹Liebe machen›, um den Geschlechtsakt schicklicher wirken zu lassen.»

«Ich sehe das anders. Der Geschlechtsakt beteiligt nur die

Körperteile. Die Kunst der körperlichen Liebe beteiligt den Geist ebenso wie den Körper und erhebt das Paar zu neuen Höhen der Leidenschaft.»

«Und hast du so etwas erlebt? Diese neuen Höhen der Leidenschaft, die du erwähnst?»

«Ja.»

«Wie schön für dich. Aber ich möchte nur ficken.»

«Das ist unmöglich.»

«Ich zeig dir, wie unmöglich geht!»

Mit einer wirbelnden Bewegung schnitt er sie los und warf sie mit dem Rücken aufs Bett. Da war keine Sanftheit in der Art, wie er sie roh bestieg, mit einem schnellen Ruck in sie hineinstieß. Dennoch erkannte ihr Körper den seinen, hieß seine Penetration willkommen. Sie hätte beinahe vor Erleichterung geschluchzt, dass diese quälende Neckerei sich dem Ende näherte.

Buckelnd und zappelnd begegnete sie jedem seiner verzweifelten Stöße mit ihren eigenen. Wenn er sie mit der Kraft seiner Leidenschaft zähmen zu können meinte, würde er bald entdecken, dass er einmal mehr sein Gegenstück gefunden hatte. Schnell und verzweifelt war ihre Vereinigung, ein Knäuel von Armen und Beinen und schweißglänzenden Körpern.

«Küss mich», sagte Aurora.

«Küssen geht nicht. Wir ficken.»

Jede Faser ihres Körpers kündete von der Richtigkeit seiner Besessenheit. Wenn er erwartete, dass sie versuchen würde, die Gewalt seiner Leidenschaft zu zügeln, so hatte er sich gründlich geirrt, denn sie liebte die verzweifelte Energie dieses Ritts. Die Art, wie ihr Körper die Wucht seiner Stöße aufnahm, die gesammelte Kraft seines Besitzens in einer Art und Weise, wie sie sie vorher noch nie erfahren hatte.

Grayson konnte, so viel er wollte, denken, dass sie nur brünstig waren, ihr Körper wusste um den Unterschied. Und ob er es zugab oder nicht, seiner genauso.

Sie rollte plötzlich herum und setzte sich rittlings auf ihn, beugte sich nach vorne und strich mit ihren Brüsten über sein Gesicht. «Saug an meinen Brüsten», befahl sie.

Er streckte seine Zunge aus und peitschte sie gleichzeitig. «Ich dachte, du wärest meine Sklavin.»

«Ich habe diese Rolle satt. Jetzt musst du mir Lust bereiten – auf jede Art, die ich dir sage.»

Sie ritt ihn seicht, während er ihre Brüste saugte, ließ seinen Schwanz jeweils nur wenige Zentimeter in sie eindringen. Sie benutzte ihn selbstsüchtig, rieb sich mit seiner samtenen Spitze, innen und außen, spürte, wie ihre Klitoris hart wurde und an ihm pulsierte.

Dann bewegte sie sich vorwärts, brachte sich direkt über seinem Gesicht in Position. «Was kannst du noch mit dieser Zunge tun?», gurrte sie, ließ ihre Hitze niedersinken und strich mit ihren weiblichen Blütenblättern über seine heißen, hungrigen Lippen.

Er stöhnte in sie hinein und begrub sein Gesicht in ihrer Weichheit. Seine Zunge und Lippen riefen eine raffinierte Reibung und Lust an ihren empfindlichen inneren Lippen hervor. Er packte ihre Beine und spreizte sie weiter auseinander, um ihm besseren Zugang zu gewähren, als seine Zunge in sie hinein- und aus ihr herausschnellte wie ein Miniaturpenis.

Während sie ihn ritt, umfasste Aurora ihre Brüste mit ihren Händen, genoss die Art, wie sie auf ihre Berührung reagierten, die Nippel steif wurden und die Freude an Graysons vielen Talenten verstärkten. Sie spürte, wie sie schneller wurde, hielt sich zur Unterstützung oben am Kopfteil fest und bog ihren Rücken, als Welle um Welle orgasmischer Lust durch sie hindurchströmte. Schließlich kollabierte sie verausgabt auf Graysons Brust.

«Jetzt bin ich dran.» Er packte ihre Hüften und setzte sie auf seinen zum Bersten gespannten Schwanz. Sie stöhnte tief und fing sein Feuer, als er sich noch einmal mit ihr vereinigte, sie eins werden ließ.

Ihre Seelen und Körper mischten sich, als sie sich zusammen bewegten, einander liebten, beide danach strebend, den unausweichlichen Höhepunkt ihrer Leidenschaft zu erreichen, doch irgendwie auch hinauszuzögern. Gerade als Aurora spürte, wie der Anfang ihres nächsten Orgasmus auf den Beginn von seinem traf, riss Grayson ihr die Maske herunter und fing ihre Lippen mit seinen ein.

Und ihr hungriger Kuss verschmolz sie, sie stießen einander über die Grenze hin zu neuen Wundern fleischlicher Wonnen.

Zehn

Aurora.» Sie spürte, wie Grayson ihre bloße Schulter schüttelte und sie langsam weckte.

«Was ist denn?»

«Kurz vor Sonnenaufgang. Deine spezielle Zeit.»

«Mmmmmmm.» Sie rollte rüber und versuchte, ihren Kopf im Kissen zu begraben. Aber er ließ sich nicht beirren, fuhr einfach fort, sie zu schütteln, bis sie sich erhob.

«Komm. Ich habe eine Überraschung. Etwas, das du mit Sicherheit nicht verpassen willst.»

Sie sah, dass er schon zum Reiten angezogen war, als sie sich darum bemühte, ihre noch wackeligen Glieder über die Bettkante zu schwingen. Das Zimmer war in frühmorgendliches Grau getaucht, das Morgengrauen hatte noch nicht sein magisches Dämmerlicht versprüht. Aurora rieb sich die Augen. Ein Reitkostüm lag über einem nahe stehenden Stuhl für sie bereit.

«Das Zimmer ist eisig», sagte sie, als sie die Decken zurückschlug und mit einem letzten, sehnsuchtsvollen Blick auf das warme Bett zurückblickte.

«Wir werden nicht lange genug hier bleiben, um extra den Kamin anzuzünden.»

Als sie sich schnell die Kleider überzog, wandte er sich von ihr ab, durchwühlte eine Schreibtischschublade.

Sie wusste in derselben Sekunde, dass etwas nicht stimmte. Seine Bewegungen gefroren. Er schien den Atem anzuhalten, als er sich steif umdrehte und sie anblickte.

«Was? Was ist los?» Aurora raste an seine Seite.

Beide Hände waren zu festen Fäusten geballt. «Wieso glaubst du, es wäre irgendetwas los?»

«O Grayson, um Himmels willen. Glaubst du wirklich für einen Augenblick, dass ich nicht eingeweiht bin in deine Launen und Reaktionen? Ich weiß, dass etwas nicht stimmt. Genauso wie ich von Anfang an wusste, dass du es warst, der mich gestern Nacht ersteigert hat.»

«Dennoch hast du es nie verraten.»

«Was? Dein kleines Spielchen verderben?»

Er musterte sie kühl. «Du genießt es zu glauben, dass du die Oberhand hast, nicht wahr?»

Männer! Aurora widerstand dem Bedürfnis, ihre Augen zu rollen. «Wenn es um uns beide geht, hat keiner die Oberhand über den anderen. Die Karten scheinen gleich verteilt.» Sie fasste nach ihm, zog an seinem Arm. «Zeig mir, was dich so verstört hat.»

Langsam öffnete er die Faust und offenbarte einen silbernen Ring, der in seinem Handteller nistete. Sie erkannte ihn sofort.

«Dein *Rose and Thorne*-Ring.»

«Nicht meiner. Der von jemand anders.»

Ihre Augen weiteten sich, als sie die Stelle bemerkte, wo die Rosenblätter an der Oberfläche des Rings abgebrochen waren.

«Was bedeutet das?»

Er steckte den Ring in die Tasche.

«Das bedeutet, dass, wer auch immer meinen Vater umgebracht hat, gerissener ist, als ich dachte.»

Eine gedankenvolle Stille breitete sich zwischen ihnen aus, während sie diese neue Entwicklung durchdachte und sich schnell zu Ende anzog. Dann folgte sie ihm durch das schlafende Haus zu den Stallungen.

«Es ist noch dunkel.» Sie sprach atemlos, denn sie musste beinahe rennen, um bei Graysons langbeinigen Schritten auf gleicher Höhe bleiben zu können.

«Schau, wie die Dämmerung kaum angefangen hat, den Horizont zu erleuchten, einen neuen Tag anzukündigen.»

«Den letzten Tag», sagte Aurora leise. *Unseren* letzten Tag.

«Einen, von dem du keinen Moment verpassen möchtest.»

Ein schläfrig aussehender Stallbursche hielt die Zügel von zwei Pferden, gesattelt und bereit. Grayson half ihr auf einen Apfelschimmel, bevor er seinen schwarzen Hengst bestieg. Erst dann drehte er sich um und fragte: «Ich gehe davon aus, dass du reiten kannst?»

Typisch Grayson, dachte Aurora. Erst machen, dann fragen. «Ich muss zugeben, es ist eine Weile her.» Sie versuchte, eine bequeme Haltung für die Zügel zu finden, während der Stallbursche ihre Steigbügel einstellte.

Grayson senkte seine Stimme, sodass niemand außer ihr es hören konnte. «Ich gehe davon aus, dass du nicht zu wund bist zum Reiten?»

Aurora lachte. Sollte sie von seiner Rücksichtnahme gerührt sein oder empört über die Unterstellung? «Natürlich nicht!» Selbst wenn sie zu zartbesaitet wäre, um auf einem Sattel zu sitzen, sie wäre lieber gestorben, als es zuzugeben.

Als sie sich von der Scheune aus aufmachten, entdeckte Aurora langsam wieder ihren Spaß am Reiten. Ihre Fähigkeiten waren vielleicht eingerostet, aber nicht verloren. Ihre Grauschimmelstute war eine Freude. Sie reagierte so, als hätte sie Auroras anfängliches Zögern gespürt, ließ Aurora die Zeit, sich wieder in den vertrauten Rhythmus eines Sattels unter ihr hineinzufinden.

Grayson blickte über die Schulter zu ihr hinüber. «Alles in Ordnung?»

«Mehr als in Ordnung.» Sie atmete tief und zustimmend ein. Der Sonnenaufgang warf seine Strahlen über das Land, und die Energie, die den Beginn des neuen Tages begleitete, war durch und durch belebend. Ihre Stute folgte dem Hengst, als ob sie keine anderen Absichten hätte und absolutes Vertrauen in die Führung des größeren Pferdes. Passend zu Auroras ebenso starken Vertrauen in den Reiter, obwohl sie eine

Weile gebraucht hatte, um es zuzugeben. Sie lächelte über ihre Gedanken. Vielleicht wussten Tiere es wirklich am besten.

Gray drehte sich genau im passenden Augenblick um und hielt den Atem an im Angesicht ihres strahlenden Ausdrucks – als ob Aurora selbst das Morgenlicht darstellte, das sein Leben erleuchtete.

Er runzelte die Stirn. Zugegebenermaßen war sie wirklich erfrischend und faszinierend, ebenso inspirierend. Sie war auch eine Ablenkung. In ihrer Gegenwart verlor der Drang, den Mörder seines Vaters zu finden, scheinbar an Wichtigkeit, obwohl er keinesfalls ganz verschwand.

«Was hast du als Nächstes vor?»

Er warf ihr einen aufgebrachten Blick zu. Oberflächlich betrachtet war es eine ausreichend allgemein gehaltene Frage. Tatsächlich war es jedoch so, als hätte sie in seinen Kopf gefasst, seine Gedanken herausgerupft und sie damit auch zu ihren eigenen gemacht.

«Es gibt noch mehr Anhaltspunkte außer dem Ring», sagte er brüsk.

«Welche zum Beispiel?» Sie galoppierte ein kleines Stück, um an seine Seite zu gelangen. Er hatte sie gern neben sich. Ein wenig zu gern.

«Aurora, hörst du denn nie auf zu schwatzen? Und dich in Dinge einzumischen, die dich nichts angehen», sagte er in einem stählernen Ton.

Aurora setzte sich aufrechter hin, streckte die Brust raus und neigte ihren Kopf in einen kämpferischen Winkel. «Es gab eine Zeit, die noch nicht zu lang zurückliegt, als du mich für mein fehlendes Schwatzen lobtest. An diesem Morgen beunruhigen mich die Dinge, die dich betreffen, genau so, wie sie dich in Unruhe versetzen.»

«Das hat nichts mit dir zu tun. Es tut mir leid, dass ich mich dir jemals anvertraut habe.»

«Aber das hast du nicht getan – ich hab's erraten, oder etwa nicht? Ich wusste, dass dir etwas durch den Kopf ging, und fand es heraus. Hätte ich auf dein Vertrauen gewartet, würde ich noch immer warten.»

Er zog die Zügel an. Sie ebenfalls.

«Du bist unmöglich!»

Sie lächelte und bekam dabei Grübchen, denn sie schien ziemlich erfreut über seinen Ausbruch zu sein. «Danke dir. Ich halte das für ein ziemliches Kompliment. Welcher vernünftige Mensch möchte schon als ‹möglich› abgestempelt werden?»

«Ich weiß nicht, ob ich dich schütteln oder küssen möchte», gab Gray zu.

Sie beugte sich zu ihm hinüber. «Du hast beides probiert. Das Küssen macht unendlich mehr Spaß.»

Er nahm ihre Herausforderung an. Sich nach vorne beugend streifte er ihre Lippen mit den seinen. «Guten Morgen.»

«Dir auch einen guten Morgen», sagte sie, und ihr Atem strich wie eine warme Liebkosung über sein Gesicht.

«Ich entschuldige mich für meine gereizte Stimmung. Du hast so eine Art, mir unter die Haut zu gehen.»

«Ich werde auch das wieder als Kompliment ansehen. Vielen Dank dafür, dass du diesen Sonnenaufgangsritt arrangiert hast. Das ist etwas, an das ich mich immer erinnern werde.»

«Komm hier entlang», sagte er und machte sich daran, weiterzureiten. «Ich hab noch etwas für den Erinnerungsladen.»

Ihre Hand auf seinem Arm ließ ihn stehen bleiben. «Ich fürchte, meine Sinne sind bereits überladen. Sieh dir das an!»

Ihr Blick schloss in einem weiten Bogen das ganze Spektrum ihrer Umgebung ein. Den Fluss, der sich träge durch Wiesen schlängelte, an die ein kleines Wäldchen angrenzte, nur unterbrochen von einem gelegentlichen Zaun oder einer Hecke. Über allem schlitzte eine breite Farbpalette den königsblauen Morgenhimmel tief auf – orangerote Töne von Mandarine und Pfirsich, untermalt von Scharlachrot und Gold.

«Können wir einen Augenblick stehen bleiben? Ich möchte

nicht blinzeln, falls ich etwas noch Wundervolleres verpasse als das, was gerade vorbei ist.»

Wie immer, war ihre Begeisterung ansteckend. Bevor er Aurora kennengelernt hatte – wann hatte er jemals das Tempo so weit gedrosselt, dass er sich an etwas freuen, etwas genießen und die vielen Herrlichkeiten der Natur auf sich wirken lassen konnte?

«Natürlich können wir das. Meine Überraschung geht nirgendwohin.» Gray konnte den Klang seiner eigenen Stimme kaum glauben – weich, geduldig, amüsiert. Aurora hatte nicht nur eine andere Sichtweise auf das Leben mitgebracht, sondern auch die Mittel, es anders zu erfahren. Als ob er seine Umgebung bisher in Schattierungen von Schwarz und Weiß gesehen hätte und sie ihn jetzt in die Farbe eingeführt hätte, ihm Aromen und Strukturen gezeigt hätte, die er bisher noch nie erlebt hatte. Normalerweise war er konzentriert, richtete sich fest auf das Ziel aus, nicht auf die Reise. Heute war er vollauf gefangen von der Reise.

Er schwang sich aus dem Sattel und erreichte ihre Seite, bevor sie es überhaupt bemerkt hatte, dann griff er ihre Zügel und breitete seine Arme aus, damit sie absteigen konnte.

Sie warf ihm einen viel zu allwissenden Blick zu, als sie aus ihrem Sattel in seine wartenden Arme glitt. «Ich dachte, du warst wild entschlossen, an irgendeinen bestimmten Ort zu gelangen.»

«Eine Meinung zu ändern ist kein Privileg, das allein den Frauen zusteht, weißt du.»

Wie steht's mit einer Änderung des Herzens? Sie neigte ihren Kopf auf eine Seite und studierte ihn mit einer Intensität, die er enervierend fand. «Ich hätte gedacht, dass dich, wenn du dich für irgendetwas entschieden hast, nichts davon abbringen kann. Was deinen Namen herrlich ironisch erscheinen lässt.»

Er räusperte sich. «Was willst du damit sagen?»

Sie lachte, ein melodisches Lachen, das die Brise ausgelassen herumwirbelte. «Leute, die dich gut kennen, nennen dich Gray, das heißt so viel wie grau, aber in deiner Sichtweise gibt es nichts Graues. Die Dinge sind entweder schwarz oder weiß. Also ist ein Mann mit Namen Gray, der kein Grau wahrnimmt …»

«Das Leben ist einfacher in Schwarz und Weiß», sagte er schroff.

«Wer hat denn jemals gesagt, das Leben wäre einfach?», fragte sie spöttisch. «Ich für meinen Teil fand es immer verdammt kompliziert.»

«Eine Dame sollte nicht fluchen.»

Sie machte einen ironischen Knicks, die Hände vor sich gefaltet wie zum Gebet. «Ist es mir gestattet, mich zu setzen, o großer und mächtiger Herr?»

«Du genießt es, mich aufzuziehen, nicht wahr?»

«Grayson, ich genieße dich ebenso sehr wie du mich. Ob es lustig machen ist oder verführen, oder …», verschmitzt pflückte sie einen Halm Präriegras und kitzelte sein Ohr mit der daunenartigen Spitze. Unwillkürlich wehrte er es ab.

Ihr Grinsen wurde breiter. «Jetzt sag mir nicht, dass du kitzlig bist. Wie kann es sein, dass ich das noch nicht entdeckt habe?»

«Nur manchmal», sagte Gray.

«Wirklich? Wann und wo genau, frage ich mich? Wenn wir uns geliebt haben, wenn deine Haut überall kribbelt und jeder Teil von dir übersensibilisiert ist?»

Er zupfte ihr das Präriegras aus der Hand und warf es über seine Schulter. «Du bist eine äußerst schwierige Frau.» Dann zog er sie zu sich und küsste sie im Bewusstsein, dass er sie gar nicht anders haben wollte. Er spürte die Sonne auf seinem Kopf, roch den Sonnenschein und süßes Präriegras, hörte das schwache Glucksen von Wasser in der Entfernung. In seiner schützenden Umarmung erschauderte Aurora, seufzte und rückte näher, passte sich an ihn an. Er zog sie noch näher.

Wann hatte eine Frau es jemals geschafft, so nahe zu kommen? Nicht nur im körperlichen Sinne, sondern auch auf einer geistigen Ebene. Das Wissen, dass jemand ihn von innen wie außen so intim kannte … Es war berauschend. Doch zur gleichen Zeit ließ es eine Myriade innerer Alarmglocken schrillen.

Aurora war eine verteufelt gute Schauspielerin. Vielleicht war er nur ein Teil der Vorführung. Eine Nebenrolle.

Er wollte das nicht glauben. Als er ihr Haar löste und die Süße in sich aufnahm, die sie darbot, wurde ihm klar, wie leer sein Leben vor ihrer Ankunft gewesen war. Selbst jetzt hatte die Erinnerung daran, wie sie mit einem Champagnerglas in der Hand aus diesem Ballon hüpfte, die Kraft, ihn zum Lächeln zu bringen.

Sie zog sich ein wenig zurück. «Was ist so lustig?»

«Woher wusstest du, dass ich gelächelt habe? Ich dachte, du wärest ohnmächtig von meinem Kuss.»

«Ich werde nicht ohnmächtig», sagte sie nachdrücklich. «Und ich kenne dich.»

«Verflucht nochmal, aber so ist das wohl», sagte er reuevoll. «Also sag mir, an was habe ich gerade gedacht, das mich lächeln ließ?»

«Ich gehe davon aus, dass du an mich gedacht hast. Ich glaube, ich lasse dich lächeln wie niemand zuvor.»

Er berührte sanft ihre Stirn. «Das macht uns ebenbürtig. Denn ich glaube, ich habe dich kommenlassen wie niemand zuvor.»

«Du hast mir die Leidenschaft in ihren verschiedenen Gestalten gezeigt, maskiert und unmaskiert», antwortete sie.

«Und wenn ich gestehe, dass ich in dieser Beziehung noch nicht ganz das Ende erreicht habe?»

«Bitte, Herr, habe Mitleid mit dem Mädchen, das nach deiner Berührung hungert.»

Sie sprach vom Hungern, dachte Gray, als er seine Jacke auszog und vor seinen Füßen auf das Gras legte, dennoch war er derjenige, der halb verhungert war. Er lebte ein Leben, das nur vorgab, erfüllt, reichhaltig und befriedigend zu sein.

«Möchten Sie sich vielleicht setzen, gnädige Frau?» Er zeigte mit großer Geste auf seine Jacke. Sie nahm ihre eigene Jacke und breitete sie neben seiner aus. «Ich denke, wir brauchen vielleicht ein wenig mehr Platz.»

«Woran dachtest du dabei?»

«Ich bin ziemlich sicher, dass unser beider Gedanken in dieselbe Richtung gehen», sagte sie. Sie machte es sich bequem und verlor keine Zeit, sondern befreite sich von ihren Schuhen und Strümpfen, um gleich darauf ihre bloßen Zehen fröhlich in der Sonne wackeln zu lassen. «Das fühlt sich unendlich viel besser an.»

Sie streckte sich rückwärts, die Arme nach hinten, und erhob ihr Gesicht zur Sonne.

Gray kniete sich neben sie. «Tu das nochmal.»

«Was? Das?» Sie wackelte mit den bloßen Zehen. «Oder das?» Sie beugte sich zurück und stemmte ihre Brüste aufwärts.

«Alles zusammen», sagte Gray, während er sich auf sie stürzte, sein Körper über ihrem hingestreckt.

Sie verschränkte ihre Hände hinter seinem Kopf und brachte seinen Kopf in Kussentfernung. «Das war bisher wirklich ein Abenteuer der feinsten Sorte.»

Er entzog sich ihrem Kuss. «Ist es das, was ich für dich bin? Nur eines in einer Reihe von großartigen Abenteuern? Willst du jetzt jeden beliebigen Tag mit dem Ballon in irgendein neues Abenteuer starten?»

«Wir könnten ein gemeinsames Abenteuer erleben», sagte sie. «Das *Gaslight Theater* wieder zu seinem früheren Glanz zu bringen.»

«Ich habe vor, es abzureißen.»

«Grayson!» Sie ließ eine Hand die volle Länge seines Rückens hinuntergleiten, und er konnte durch sein Hemd hindurch spüren, wie ihre Berührung ihn versengte. «Gib dem Theater eine Chance.»

Er hörte alles, was sie nicht sagte. *Gib uns eine Chance.*

Die Worte hingen zwischen ihnen, fragil wie ein Spinnennetz. Eine falsche Bewegung von einem von ihnen, und sie wären für immer ausgelöscht.

War er jemals so hin und her gerissen? Einerseits wollte er ihr Gesicht vor lebhafter Freude leuchten sehen, sie beobachten, wie sie mit wacher Begeisterung entwarf und plante, sich einmischte, wo es nötig war. Aber dieses Theater hatte all das zerstört, was er jemals wertgeschätzt hatte. Er würde ihm nicht erlauben, auch noch Aurora zu zerstören.

«Es ist unmöglich», sagte er.

«Grayson, nichts ist unmöglich.»

Verdammt, bei ihr hörte es sich so leicht an.

«Ich habe zu viel gesehen, um an die Wahrheit dieser Worte zu glauben.»

Ihre Hand glitt von seinem Rücken auf seinen Arm, ihre Berührung die leichteste, beruhigendste Liebkosung. Als ob sie auch ohne Worte wüsste, welcher Konflikt in ihm tobte. Die Verantwortlichkeiten, um die er sich noch kümmern musste. Die Antworten, die er brauchte.

«Du hast deine Antwort gehabt», sagte er schroff. «Ich sagte nein zum Theater.»

«In dem Fall wette ich, dass die Chancen gut stehen, dass du ja zu mir sagst.» Dieses Mal war sie dran damit, sich auf ihn zu stürzen, sich rittlings auf ihn zu setzen, ein Knie auf jeder Seite von seiner Hüfte. Ihre Brüste sperrten sich gegen die Begrenzung durch ihre Bluse, bettelten um seine Aufmerksamkeit. Er konnte die weibliche Kreuzung ihrer Beine spüren und wusste, dass er sich selbst in ihr verlieren konnte. Mit ihr.

Er würde nicht der schwache Mann sein, der sein Vater gewesen war und sich selbst in einer Frau verlieren. Hatte er vielleicht laut gesprochen? Denn sie berührte seine Lippen mit ihrer Fingerspitze. Als sie sprach, waren ihre Worte so weich, dass er sich anstrengen musste, um sie zu erhaschen. Er fragte sich, ob er sich die gesamte Situation vielleicht einbildete. Oder ob sie vielleicht ohne Worte sprachen. Das aussprachen, was in ihren Herzen war.

«Du wirst dich selbst nicht in mir verlieren, Grayson. Es ist der Weg, wie du dich selbst wieder finden kannst.»

Er wollte ihr glauben. Oh, wie sehr er an die Wahrheit ihrer Worte glauben wollte.

Er fasste hoch und knöpfte mit andächtiger Langsamkeit ihre Bluse auf. So langsam, dass sie seine Hände aus dem Weg schob und die Aufgabe selbst übernahm. Er genoss ihren Anblick, wie sie mit vor Ungeduld zitternden Fingern das Fest der Fülle der Natur bloßlegte. Cremefarbene Schultern. Ein tief herabfallender Ausschnitt.

«Darf ich?» Er zog an der Schnürung auf der Vorderseite ihres wunderbar femininen, spitzeneingefassten Kamisols.

«Selbstverständlich.»

«Mit Vergnügen.»

«Ganz meinerseits», sagte sie, ihre Stimme ein kehliges Gurren.

Bevor er Druck auf die Spitze ausübte, beugte er sich vor und küsste sie auf die empfindliche, gerundete Stelle, wo Schulter und Hals aufeinandertreffen – einer seiner bevorzugten Orte der weiblichen Anatomie, weil er so überraschend, so unglaublich reagierte. Er berührte sie sacht mit seiner Zungenspitze und spürte, wie ihr Puls als Reaktion darauf sprang. Er ließ seine Zunge mit immer weiter werdenden Kreisen zirkulieren, bevor er ihre Haut mit seinen Lippen brandmarkte und ihre süße Essenz tief auf sich wirken ließ.

Sie stöhnte und schmolz ihm zu.

Er griff dann die Spitze an, befreite ihre Brüste und nutzte die Gelegenheit, das Vergnügen zu genießen, sie nur zu berühren und ihre Verzückung zu genießen. Ihre sofortige Reaktion wie Feuer in seinem Blut.

Sie drängte sich an ihn. «Das macht mich so nass.»

«Ich weiß», sagte er. «Ich kann es spüren.»

«Ich will dich.»

«Und du sollst mich haben. Alles zu seiner Zeit.»

Unerwartet schubste sie ihn zurück, sodass er seine Balance verlor. Unter ihr lag er, während sie ihren erhitzten Hügel auf dem Kamm seines erigierten Penis vor und zurück rieb. Die Kleidungsschichten zwischen ihnen waren eher Verlockung denn Abschreckung. Er spürte ihre Hitze, ihr Begehren, und das Wissen darum weckte noch größere Erregung in ihm.

Sie bewegte sich über ihm, zog ihre ungebundenen Brüste über sein Kinn und seine Wangen, ganz knapp außer Reichweite seines gierigen Mundes und seiner Zunge. Gleichzeitig kreiste ihr heißer Hügel auf seinen Hüften, suchte und fand sein hartes Teil.

Einmal fegte ihre Brust nahe genug heran, sodass er einen angeschwollenen Nippel mit seinem Mund umschließen und daran saugen konnte, sanft und tief. Er spürte eine frische Hitzewallung von ihr und konnte beinahe nicht mehr an sich halten – so, wie es das letzte Mal passiert war, als er noch kurze Hosen trug.

«Schluss!» Er fasste nach oben, packte ihre bloßen Schultern und hielt sie mit purer körperliche Kraft auf Distanz.

«Schluss?», echote sie, offensichtlich enttäuscht. «Wir haben doch gerade erst angefangen.»

«*Du* hast vielleicht gerade erst angefangen. Für mich war beinahe schon alles vorbei. Und das ist keine Kindheitserinnerung, die ich gern wiederbeleben möchte.»

«Was, in nassen Hosen dazustehen?», fragte sie mit gespielter Unschuld.

«Es wäre schwierig, das Hudson zu erklären», sagte Gray.

«Wir dürfen Hudson wirklich nicht aufregen, das wäre gar

nicht nett. Am besten wäre es wohl, wenn du diese lästigen Kleidungsstücke ablegtest.»

«Da sind wir wohl beide auf die gleiche Idee gekommen.»

Und als sie beide ungefesselt und unbekleidet waren, lächelnd beschienen von der Sonnenkönigin, kamen sie zusammen. Ihre Vereinigung war nicht weniger intensiv durch den Rhythmus der langsamen, sicheren Stöße, mit denen er sie erfüllte und sie ihn willkommen hieß.

Er erhob sich selbst auf seine Ellenbogen, sodass er die pure Ekstase genießen konnte, die ihr Gesicht überstrahlte, als ihr erster Orgasmus einschlug. Er schob ihr Haar zurück, verstrickte seine Finger in der reichen Fülle und genoss die atemlosen, bebenden Laute, die sie machte, während ihr Körper den seinen in flüssiger Hitze umschloss.

Sie bäumte sich auf, sodass ihre Brüste an seinem Brustkorb kitzelten, und er konnte nicht widerstehen, sondern tauchte hinunter, um sie zu stimulieren – zuerst den einen Nippel, dann den anderen. Er labte ihre reaktionsfreudigen Spitzen, ließ sie hart werden wie eine Murmel, als er sie tief in seinen Mund hineinzog.

Sie seufzte bei dem Gefühl, und der Klang hallte durch ihn hindurch, übertrug die Lust seiner Aktivitäten. Er vergrub sich tief in ihr und bewegte sich von der einen Seite zur anderen, mit immer weiter werdenden Stößen. Stößen, die sie aufnahm und mit ihrem eigenen Rhythmus synchronisierte, darauf gerichtet, ihre und seine Lust gleichermaßen zu verstärken.

Vielleicht lag es daran, dass sie draußen im Tageslicht waren, oder vielleicht war es Aurora selbst und ihre hemmungslose Lust, die aus ihrer Vereinigung kam. Aber als er spürte, wie sie schneller wurde und ihre Muskeln sich um ihn herum anspannten, die nächste Runde ihres Loslassens ankündigten, die nächste Ebene auf ihrer Reise zu den Höhen, in die er sie katapultierte, stutzte er. Dieser Liebesakt schien anders zu sein. Nicht weniger lustvoll in seiner Intensität, doch eher ein langsames Brennen als ein Buschfeuer. Die Art Flammen, auf denen man ein Leben lang aufbauen kann. Es war ein ernüchternder Gedanke.

Er liebte sie langsam und vorsichtig, als wäre sie so kostbar, zerbrechlich und vergänglich wie die Morgendämmerung ihres Namens. Am morgigen Tage würde sie nichts als eine Erinnerung sein. Und seine Tage könnten sehr wohl in ewiger Dunkelheit versinken, bar ihres bereiten Lächelns, ihrer Gewitztheit und ihres sinnlichen Körpers.

Sie spürte anscheinend auch einen schwachen Hauch süßer Bitternis in ihrer Vereinigung, denn sie verlangsamte ihre Bewegungen passend zu seinen. Während sie Höhen erklomm und sich nach neuen ausstreckte, klammerte sie sich an ihm fest. Eine plötzliche Heftigkeit lag in ihrem Griff, als ob sie nie freiwillig als Erste loslassen würde.

Als sie bei seiner Überraschung ankamen, war es keine große Überraschung mehr, da das Geräusch ihn schon lange verraten hatte, bevor sie in Sichtweite des Wasserfalls kamen.

«Das ist die Quelle des Wassers, das in den Teich und die Springbrunnen auf dem Gut geleitet wird», erklärte Gray.

Neben ihm stand Aurora mit vor Bewunderung offen stehendem Mund. Und mit ihr an seiner Seite betrachtete er den Wasserfall, als sähe er ihn zum ersten Mal. Es war ein beeindruckender Anblick, wie das Wasser zehn Meter über die Klippen hinabstürzte, sich am Fuß sammelte und dann seine Energie ausrichtete, um in westlicher Richtung davonzuschießen. Die Sonnenstrahlen ließen Regenbogen durch das feine Nebelspray an den Seiten der Fälle funkeln.

«Ich habe noch nie einen Wasserfall aus der Nähe gesehen», sagte Aurora mit gedämpfter Stimme.

Gray stieg ab und bot ihr eine Hand, um ihr hinunterzuhelfen. «Sollen wir?»

Sie stieg ebenfalls ab und lehnte sich an ihn, machte keine Anstalten, sich aus seiner Umarmung zu lösen.

«Es ist wirklich phantastisch», flüsterte Aurora.

Er verkniff sich die instinktive Reaktion, dasselbe über sie zu sagen.

Sein Pferd streckte just in diesem Augenblick seine Nüstern in die Luft und schnaubte. Für Gray das Stichwort, Aurora loszulassen und ihrer beider Pferde an einem nahe stehenden Baum festzubinden.

Dann nahm er Aurora an der Hand. «Wir können hier entlanggehen und hinter ihn gelangen, wenn du möchtest.»

«Grayson, können wir das wirklich?»

Wie immer war Auroras Begeisterung ansteckend. Er hielt sie fest an der Hand und führte sie den Weg zu dem verborgenen Pfad, der sich hinaufwand, herum zu der flachen Höhle hinter dem Wasserfall.

Eine andere Frau hätte sich vielleicht von dem rauen Aufstieg abschrecken lassen oder hätte Scheu gehabt vor der dunklen, feuchten Höhle mit ihren schleimigen, moosbedeckten Wänden und dem ohrenbetäubenden Rauschen des Wasserfalls.

Aurora jedoch benahm sich wie ein kleines Kind, das unverhofft in die Werkstatt des Weihnachtsmannes geraten war. Sie musste unbedingt jeden Winkel und jede Spalte hinter den Fällen erkunden. Sie zog sogar ihre Reithandschuhe aus, um die Hände auszustrecken und die Feuchtigkeit des Falles zu erhaschen und sich ins Gesicht zu spritzen.

«Geh nicht zu nah an die Kante», warnte er sie mit erhobener Stimme, damit er gehört wurde. «Die Felsen sind rutschig.»

Sie nickte ernst und trat zurück, näher an ihn heran. Ihre Gehorsamkeit gab ihm zu denken.

Er hatte ihr bereits «Nein» zum Theater gesagt. Und er wusste aus erster Hand, dass sie niemals ein Nein akzeptierte – wenn man ihre Hartnäckigkeit bedachte, eine Audienz bei ihm zu erreichen. Plante sie ähnliche Taktiken, damit er seine Meinung änderte? War das die eigentliche Motivation für ihre begeisterten Reaktionen, wenn sie sich liebten? Falls Aurora ihre weiblichen Reize benutzen wollte, um ihn umzustimmen, war sie reif für eine herbe Enttäuschung. Er würde nie kapitulieren.

Und wichtiger noch, er musste einen Mörder enttarnen.

«Wir sollten langsam zurückkehren.»

Bis er zu sprechen anfing, hatte er gar nicht gemerkt, wie genau Aurora ihn beobachtete. Sie war ungewöhnlich ruhig gewesen, und ihr Gesicht hatte einen gedankenvollen, leicht beunruhigten Ausdruck.

Sie strich mit einer beruhigenden Geste über seine Wange. «Du siehst viel zu ernst aus. Das hier ist schließlich eine Party.»

«Ja», sagte er schroff. «Und zwar eine, auf der einer der Gäste ein Mörder ist.»

«Fürchtest du um deine eigene Sicherheit? Und die deiner Gäste?»

«Ich bin mir nicht im Klaren über seine oder ihre Motive. Oder wie sie reagieren könnten, falls jemand ihnen plötzlich in die Quere kommt.»

Aurora nickte, ihre Stimmung offensichtlich ebenso gedrückt wie seine. Dennoch, da Aurora Aurora war, blieb sie nicht lange niedergeschlagen. Sobald sie dorthin zurückgekehrt waren, wo sie die Pferde zurückgelassen hatten, flitzte sie fort zum Ufer des Teichs unter dem Wasserfall. Er folgte ihr gerade noch rechtzeitig, um zu sehen, wie sie sich die Stiefel und Strümpfe herunterriss.

«Das Wasser ist wie Eis», warnte er.

«Ich weiß. Aber es ist so schön hier. Ich werde einfach so tun, als ob wir in einem Regenwald wären, umgeben von tropischen Vögeln und Pflanzen. Das Wasser blubbert dank einer nahen warmen Quelle in Badetemperatur.» Im Handumdrehen hatte sie den Reitrock zurückgelassen und watete bis zu den Knien im Wasser.

Er wollte derjenige sein, der sie in diesen Regenwald begleitete – und zu allen anderen Wundern dieser Erde. «Badetemperatur, nicht wahr?»

«Nicht ganz», gab Aurora zu. «Komm und probier's selber aus.»

«Ich ziehe es vor, meine Hosen anzulassen, danke.»

«Ich habe Beweise für das Gegenteil gesehen.» Ihr Ton war genauso neckend wie ihr Ausdruck, provozierend und unschuldig verführerisch. Sein Körper reagierte darauf in der üblichen Weise. Hatte er je so eine Frau gekannt? Sie war eine verlockende Mischung aus Weltgewandtheit und Naivität. Verführerin und Unerfahrenheit. Vielleicht waren doch nicht alle Frauen aus demselben Holz geschnitzt wie Celeste.

Sie lachte ihn an, schickte einen Spritzer in seine Richtung, nur um ihr Ziel bei weitem zu verfehlen. Sie lachte und versuchte es erneut.

Sie sah aus wie ein bezaubernder Wassergeist, der in einem Waldtümpel herumtollte. Ein Sonnenstrahl traf auf ihr Haar und verwandelte es in flüssig-goldenes Feuer, beinahe blendend in seinem Glanz.

Er war gerade vollkommen darin vertieft, das Bild, das sie ihm bot, in seiner Erinnerung zu verankern, als ein Gewehrschuss unvermittelt die Stille unterbrach.

Beide Pferde bäumten sich auf und wieherten panisch.

Gray spritzte durch den Tümpel, nahm Aurora schnell in seine Arme und trug sie ins Dickicht. Er warf sie hinter einem dichten Busch auf die Erde und schützte ihren Körper mit seinem eigenen. Dabei verfluchte er sich selber dafür, dass er sie der Gefahr ausgesetzt hatte.

Er konnte ihre Angst schmecken, das verzweifelte Schlagen ihres Herzen unter seinem eigenen spüren, selbst als sie sich bemühte, ihren Ton gelassen zu halten.

«Glaubst du, das war Absicht?»

Gray hoffte, sie würde die Lüge in seiner Stimme nicht bemerken. «Höchstwahrscheinlich war es ein unvorsichtiger Jäger, der seinen Fehler erkannt und sich davongemacht hat.»

«Sind die Pferde okay?»

«Sie sind verschreckt.»

Aurora zwang sich zu lachen. «Ich kann nicht sagen, dass ich ihnen das verdenke.»

Gray suchte mit seinen Augen die Umgebung nach einer Bewegung ab, aber es war nichts zu sehen. Alles war ruhig. Vögel zwitscherten, der Wasserfall stürzte herab, der Fluss gurgelte.

Zu spät erinnerte er sich daran, wie Diabolo unruhig hin und her getänzelt war, als er ihn festgebunden hatte. Wie er leicht beunruhigt gewiehert hatte. Warnsignale, die er hätte erkennen müssen, doch ignoriert hatte, abgelenkt von Aurora. Diese Frau vernebelte nicht nur seine Urteilskraft. Sie erwies sich in seinem Leben in jeder Hinsicht als eine Belastung.

Selbst jetzt, halb bekleidet unter ihm hingestreckt, konnte er ihre Hitze spüren, ihren besonderen Duft riechen. Ein Geruch, der ihn für immer verfolgen würde. Zusammen mit seinen Erinnerungen an sie.

Unvermittelt sagte er: «Ich schicke dich zurück in die Stadt.»

Elf

Grayson hatte sich über sie geworfen, groß und vital und wild entschlossen, sie zu beschützen. Ihr Herz schwoll an vor Liebe und Sehnsucht, bis sie Angst bekam, etwas in ihr könnte zerplatzen. Sie konnte kaum atmen angesichts der Gefühle, die in ihr waren, geschweige denn denken.

Sie hörte ihn nicht sagen, dass er sie wegschicken würde. Sie hörte ihren Geliebten, der verzweifelt versuchte, sie zu beschützen, sie in Sicherheit zu bringen. Und in diesem Augenblick wusste sie, sie liebte Grayson mehr, als sie sich jemals erträumt hatte, dass es möglich wäre, einen anderen zu lieben.

Natürlich konnte sie ihm nicht gestatten, sie wegzuschicken. Sie würde so lange bleiben wie nötig und auf jede erdenkliche Weise helfen, während Grayson den Mörder seines Vaters demaskierte.

Sie wusste, wie schwierig es gewesen war, nach dem Selbstmord ihres Vaters ihren Kopf trotz der öffentlichen Missbilligung oben zu behalten. Wie schrecklich, dass Grayson die gleiche öffentliche Verurteilung erleiden musste, obwohl er sicher wusste, dass sein Vater nicht durch seine eigene Hand gestorben war.

Sie spürte, wie Grayson sich rührte und sich neben sie kniete. Als er ihr eine Pistole reichte, blinzelte sie. Wo war die hergekommen?

«Nimm das. Sitz still. Falls sich da draußen etwas bewegt, irgendetwas, schieß drauf.»

«Ich will mit dir gehen.»

«Keine Sorge, ich bin gleich wieder da. Ich seh mich nur ein bisschen um.»

«Aber –»

«Aurora, kannst du nicht einmal tun, was ich dir sage?»

Sie verstummte. Hielt Grayson sie wirklich für so unkooperativ? Er schlich leise durchs Unterholz. Sie stützte sich auf ihre Ellbogen und kniff die Augen zusammen, während sie ihre Umgebung aufmerksam beobachtete.

Sie schaute sich die Waffe an, die sie ungeschickt mit beiden Händen festhielt. Es hätte wohl keinen Sinn gemacht, Gray zu erzählen, dass sie noch nie eine abgefeuert hätte und höchstwahrscheinlich nicht einmal die Längsseite einer Scheune treffen würde. Sie erschrak, als sie einen unbekannten Vogelruf hörte. War das nicht manchmal das Signal von Räubern, wenn die Luft rein war?

Quatsch. Hier draußen gab es keine Räuber. Nichts zu stehlen außer den Pferden, die ein Stück außer Sichtweite standen.

Alles klang übertrieben laut in dieser langsam erwachenden Landschaft, und Aurora wusste, dass ihre Einbildungskraft Überstunden machte. Sicherlich war das nur ein knackender Zweig und keine schleichenden Schritte. Sie beschwor einfach irgendwelche verdächtigen Geräusche aus dem Nichts herauf. Dennoch, sie konnte das unheimliche Gefühl nicht loswerden, dass sie beobachtet wurde. Dieses Gefühl, das schon am gestrigen Abend im Gutshaus sehr real gewesen war, war heute ebenso stark.

Gray unterzog die Umgebung einer gründlichen Untersuchung, und er fand unmissverständliche Anzeichen dafür, dass jemand ihm und Aurora gefolgt war. Außer ihnen war noch jemand heute Morgen hier draußen herumgeritten. Er war wütend auf sich selbst, dass er es nicht bemerkt hatte. Wenn er sich nicht von Aurora so verdammt hätte ablenken lassen, dann hätte er es gemerkt. Stattdessen hatte er sie aus Unachtsamkeit in Gefahr gebracht.

Schließlich war er überzeugt davon, dass wer auch immer

ihnen gefolgt war, sich nicht länger in der Gegend aufhielt. Er ging dorthin, wo er die Pferde zurückgelassen hatte, band sie los und machte sich auf den Weg zurück zu Aurora.

Es sollte keine großen Schwierigkeiten machen herauszufinden, wer heute Morgen noch ein Pferd aus dem Stall geholt hatte. Aber das Leben war selten so simpel, wie es sein sollte, und das bereitete ihm Sorgen.

«Nicht schießen, Aurora. Ich bin's.»

Er kam in ihr Versteck, doch es war leer.

«Hier oben», rief Aurora.

Er folgte der Richtung ihrer Stimme. Zweige bewegten sich, Blätter raschelten, und Aurora kam in Sichtweite. Verrückte Frau.

«Was machst du denn da oben?»

«Ich hab Ausschau gehalten. Ich könnte schwören, dass mich jemand beobachtet hat. Es war gruselig.»

«Falls jemand hier war», Gray ließ seine Stimme absichtlich beiläufig klingen, «ist er oder sie schon lange weg.»

Er musste zugeben, dass er den Anblick genoss, wie Aurora anmutig von ihrem Aussichtspunkt herunterkletterte. Als sie neben ihm angekommen war, zog sie die Pistole aus dem Bund ihrer halblangen Unterhose. «Ist es sicher für mich, meinen Rock holen zu gehen?»

«Wenn du das Bedürfnis danach verspürst. Ich muss allerdings sagen, dass du auch in deinen Unaussprechlichen äußerst bezaubernd aussiehst.»

Sie erreichten das Gut ohne weitere Zwischenfälle wie das Zusammentreffen mit verirrten Kugeln, dennoch wussten sie, dass etwas nicht stimmte, sobald sie in die Stallungen hineingegangen waren. Kein Stallbursche kam, um sie zu empfangen und sich um die Pferde zu kümmern.

Grayson half ihr aus dem Sattel.

«Geh rüber zum Haus, Aurora. Ich werde dieser Sache auf den Grund gehen.»

«Ich habe es satt, dass du mir ständig befiehlst, aus dem Weg zu gehen. Das hier geht mich genauso viel an wie dich.»

«Darin allerdings irrst du dich. Und jetzt sei so nett und beherzige meinen Wunsch. Iss ein kräftiges Frühstück und bleib in deinem Zimmer, bis ich dich hole.»

Um sie zurück in die Stadt zu schicken, meinte er eigentlich.

In diesem Augenblick hörte sie das Stöhnen. Zusammen eilten sie in eine Box in der Nähe, wo sie den Stallburschen fanden, der sich die Augen rieb und versuchte, auf die Beine zu kommen.

«Tim, bist du verletzt? Was ist geschehen?»

«Ich weiß nicht genau, Mr Grayson. Nachdem Sie beide fort waren, aß ich mein Porridge. Als ich dann wieder mit der Arbeit anfing, wurde ich plötzlich furchtbar müde. Von da an bis jetzt kann ich mich an nichts erinnern.»

Offensichtlich war der Mann betäubt worden. Aurora öffnete ihren Mund, um genau das zu sagen, aber ein einziger Blick von Grayson ließ sie innehalten.

«Nichts, worüber man sich beunruhigen müsste», sagte Grayson und spielte den Vorfall herunter. «Könntest du dich jetzt bitte um unsere Pferde kümmern?»

«Selbstverständlich, Mr Grayson»!

«Warum hast du nichts gesagt?», fragte Aurora, sobald sie außer Hörweite waren. «Er verdient es zu wissen, was geschehen ist.»

«Wir wissen nicht, was passiert ist. Wir raten nur. Je weniger darüber gesprochen wird, desto besser. Ich seh dich gleich im Haus.»

Aurora war alles andere als glücklich, dass sie schon wieder fortgeschickt wurde wie eine Schaufensterpuppe. Hatte Grayson denn nicht verstanden, dass sie ein Gehirn im Kopf hatte? Dass zwei Köpfe zusammen viel besser als einer waren?

Aurora merkte, dass sie nur sehr wenig Appetit auf Mrs

Blossoms köstliches Frühstücksangebot hatte. Sie nippte an ihrem Tee und pickte an ihrem Scone, ließ viel mehr auf dem Teller übrig, als sie sich in den Hals zu zwingen schaffte.

Sie war vollkommen damit beschäftigt, einen Plan zu schmieden, wie sie hier bleiben konnte, obwohl Grayson darauf bestand, dass sie innerhalb der nächsten Stunde abreisen sollte. Zweifellos hatte er die Absicht, sie höchstpersönlich in die Kutsche zu stecken, und sie hatte nichts von Wert dabei, um den Kutscher zu bestechen, damit er sich davon überzeugen ließe, sie kurz hinter dem Gut herauszulassen.

«Warum so tief in Gedanken, Sie mit dem feurigen Haar und dem passenden Wesen?»

Sie blickte auf und sah Graysons Bruder Beau.

«Nicht alle Frauen haben ein Gehirn aus Watte», murmelte sie dunkel.

«Sie meinen, manche Frauen seien zu Gedanken fähig, die über die neueste Mode oder das Wetter hinausgehen?»

«Allerdings. Sie sind früh auf.»

«Morgenstund hat Gold im Mund, heißt es doch, nicht wahr? Nicht dass ich heute schon draußen gewesen und nach Gold gegraben hätte.»

Bei näherem Hinsehen bemerkte Aurora, dass er einige frisch wirkende Kratzer auf einer Wange hatte. «Waren Sie heute reiten?», fragte sie beiläufig. «Ein schöner Morgen dafür.»

«Leider nein. Das würde entschieden mehr Energie erfordern, als ich aufzubringen gewillt bin.»

«Was tun Sie hier auf dem Lande mit Ihrer Zeit?», fragte Aurora.

«Sehr wenig, kann ich glücklicherweise berichten.» Beau griff an ihr vorbei nach Butter und Marmelade.

«Wird Ihnen denn die Zeit nicht lang? Teilt Grayson Ihnen Dinge auf dem Gut zu, für die Sie zuständig sind?»

«Mein geschätzter großer Bruder? Du lieber Himmel, nein. Er ist nur zu froh, wenn er die gesamte Kontrolle behält.»

«Sicherlich würden Sie es vorziehen, Ihren eigenen Unterhalt zu verdienen.»

Beau lachte. «Warum? Als Sohn von Celeste bin ich auch ein Grayson. Ein Grayson braucht nichts weiter zu tun, als zu spielen, wenn er es so will.»

«Ihre Mutter tritt immer noch auf der Bühne auf.»

«Das ist ihre Variante des Spiels. Genauso wie es Graysons bevorzugter Zeitvertreib ist, den Gutsherrn zu spielen.»

Aurora nahm einen Schluck Tee und fragte sich, ob Beau das Zeug dazu hätte, jemanden umzubringen. Vielleicht würde er mehr Aufmerksamkeit kriegen, wenn Graysons Vater aus dem Weg geräumt wäre.

«Ich verfüge über Mittel», sagte Aurora. «Geld, das mir von meinem verstorbenen Ehemann hinterlassen wurde. Haben Sie eigene Mittel, oder sind Sie abhängig von Grayson?»

«Mutter stellt sicher, dass ich mich von meinem Bruder unabhängig fühle.»

Kein Motiv für einen Mord, dachte Aurora. «Verspüren Sie nicht das Bedürfnis, etwas in Ihrem Leben zu leisten?»

«Gütiger Gott. Wozu denn? Ich bin gern der zu nichts taugende jüngere Bruder, der Gray in Verlegenheit bringt.»

«Ich glaube nicht, dass irgendjemand Ihren Bruder so leicht in Verlegenheit bringen kann.»

«Tja, das ist wohl wahr. Er hält sich für weitaus besser als den Rest der Familie.»

Als Beau wegging, sah Aurora einen traurigen und einsamen jungen Mann, der sich verzweifelt nach der Aufmerksamkeit seiner abwesenden Mutter und seines desinteressierten älteren Bruders sehnte. Wie weit würde er gehen, um Aufmerksamkeit zu erlangen?

Zögernd erhob sie sich vom Tisch. Grayson würde sie in ihrem Zimmer erwarten, unterwürfig wartend. Und sie wusste, er würde äußerst ungnädig reagieren, wenn sie versuchte, sich ihm zu widersetzen.

Sie konnte immer versuchen, irgendwo auf dem Gelände des Gutes zu verschwinden. Aber sie wusste, dass er jeden Stock und Stein hier umdrehen würde, bis er sie gefunden hätte. Eine Ablenkung, die er nicht brauchen konnte. Er musste die Identität des Mörders seines Vaters herausfinden, nicht nach ihr suchen.

Aber wie konnte sie weggehen, wenn sie ihm so sehr helfen wollte? Ihr Herz war so schwer wie ihr Schritt, als sie die Treppen hinauf und den Flur entlang zu Celestes Zimmer ging.

«Pssst!»

Aurora hielt an und sah sich um, als sie diese Aufforderung aus einer schattigen Türnische hörte.

«Wer spricht da?», flüsterte sie. «Wer ist da?»

Eine Figur mit Umhang und Kapuze trat aus dem Schatten heraus und kam verstohlen näher. Dabei blickte sie ständig über ihre Schulter, als fürchte sie, jederzeit überfallen zu werden.

«Misty?»

«Aurora, ich brauche deine Hilfe.» Die Stimme der anderen Frau zitterte unsicher, ihre Worte waren kaum verständlich.

Aurora sah sich schnell in beide Richtungen um. «Hier herein.» Sie ließ ihre Freundin in ihrem Zimmer verschwinden und schloss die Tür hinter sich ab.

Sobald sie drinnen in Sicherheit waren, ließ Misty die Kapuze ihres Umhangs von ihrem Kopf heruntergleiten und drehte sich langsam um, um sie anzusehen. Aurora stockte der Atem. Ein Auge war schwarz-blau und halb zugeschwollen. Mistys Unterlippe war doppelt so dick wie sonst, verunstaltet von Spuren getrockneten Blutes.

Misty traf ihren entsetzen Blick. «Du siehst nicht das Schlimmste von allem, glaub mir.»

«Wer hat das getan?»

«Wer auch immer mich gestern bei der Auktion ersteigert hat. Ich weiß nicht, wer es war. Er achtete sorgfältig darauf, seine Identität nicht preiszugeben. Aber ich kann hier unmöglich länger bleiben.»

«Ich helf dir, hier rauszukommen», sagte Aurora. «Wenn mir nichts einfällt, sorgt Grayson schon dafür. Er wird solches Verhalten niemals tolerieren.»

«Sei dir da bloß nicht zu sicher», sagte Misty düster. «Viele von diesen Gents haben eine dunkle Seite. Das macht einen Teil der Attraktivität des *Rose and Thorn* aus – die Anonymität.»

«Wo wir gerade bei der Anonymität sind: Die Mitglieder sollen alle ihren Ring tragen. Ist dir mal einer aufgefallen, bei dessen Ring ein Teil der Rose fehlte?»

Mistys Blick wurde wachsam. «Vielleicht. Warum?»

«Misty, das ist wichtig. Weißt du, wer?»

«Ich will niemanden in Schwierigkeiten bringen.»

«Warum würdest du ihn in Schwierigkeiten bringen?»

«Er ist nicht wirklich ein Mitglied, aber er taucht manchmal auf und trägt einen Ring.»

«Wer? Wer ist kein Mitglied?»

Misty ließ einen tiefen Seufzer heraus. «Es ist Graysons Halbbruder Beauregard.»

«Beau? Bist du sicher?»

«Aurora, sag bitte nichts, wenn du nicht musst, ja? Mir tut der arme Kerl leid. Er möchte so gerne eine Rolle spielen, irgendwohin gehören.»

«Weißt du, wessen Ring er sich ausleiht?»

Misty schüttelte langsam den Kopf, als ob ihr das wehtat. «Ich habe ihn nie gefragt, nie durchblicken lassen, dass ich wusste, wer er war. Oder dass er kein Mitglied im Club ist.»

«Kannst du dir vorstellen, dass er es war, der dich geschlagen hat?», fragte Aurora. Beau hatte diese frischen Kratzer gehabt, sie könnten von den Fingernägeln einer Frau stammen.

«Ich kann wirklich nicht sagen, ob oder ob nicht.»

«Was wird heute Abend passieren?», fragte Aurora. «Die letzte Nacht.»

«Wir Schauspielerinnen haben ein Bühnenstück geprobt, um die Gents heißzumachen. Aber ich kann so nicht mitmachen, selbst wenn ich wollte. Ich bin zu sehr gezeichnet.»

Und zu verängstigt, wusste Aurora.

«Mach dir keine Sorgen wegen des Stückes. Erst mal müssen wir dich von hier wegbekommen – und ich glaube, ich habe die Lösung.»

Aurora war in Mistys Reiseumhang gehüllt, als Grayson vor ihrer Tür stand und sie nach draußen begleitete, wo eine Kutsche bereitstand. Sie warf sich in seine Arme und hoffte, dass sie den Part einer Frau, die ihren Geliebten vielleicht nie wiedersah, nicht zu übertrieben spielte.

Grayson für seinen Teil nahm ihre Gegenwart und ihre Vorstellung kaum zur Kenntnis. Er sah finster aus und gab ihr dadurch Anlass, sich zu fragen, was er entdeckt hatte. Was auch immer das war, er wollte es ihr offensichtlich nicht mitteilen.

«Ich lass von mir hören.» Er verfrachtete sie eilig in die Kutsche, als ob er es nicht abwarten könnte, sie loszuwerden, und stand in der Auffahrt, um ihren Rückzug zu beobachten. Sobald sie um eine Kurve gefahren und außer Sichtweite waren, steckte Aurora ihren Kopf aus dem Fenster und machte den Kutscher auf sich aufmerksam.

«Es tut mir so fürchterlich leid. Ich habe anscheinend meinen Schmuckkasten vergessen. Könnten wir eventuell schnell zurückfahren, sodass ich ihn holen kann?»

Der Kutscher war zweifellos an kapriziöse weibliche Gäste auf dem Anwesen gewöhnt, denn er wirkte resigniert, als er die Pferde anhielt.

«Bemühen Sie sich nicht erst, die Kutsche zu wenden. Ich eile einfach zu Fuß zurück und bin zurück, bevor Sie es überhaupt merken.»

«Sehr gut, Miss. Ich werde hier warten.»

An ihrem verabredeten Treffpunkt auf halber Höhe der Einfahrt traf sie Misty, und sie tauschten die Umhänge. Misty trug eine kleine Reisetasche in einer Hand. Kaum hatte sie die Kapuze über ihren Kopf gezogen, umarmte sie Aurora schnell.

«Das werde ich dir nicht vergessen.»

«Alles kommt wieder in Ordnung, du wirst sehen», sagte Aurora und wünschte, sie könnte ihren eigenen Worten Glauben schenken.

Im Schatten Schutz suchend, kehrte sie zurück zum Herrenhaus. Heimlich schlüpfte sie durch die Küche und die Hintertreppe hinauf zu ihrem Zimmer, wo sie sich daran machte, ihre Rolle für das abendliche Theaterstück zu lernen. Es war anders als alle anderen Stücke, an denen sie jemals mitgewirkt hatte. Es gab keinen Text zu lernen, sondern nur Einsätze, die man treffen musste. Sie hoffte einfach, sie wäre als Schauspielerin gut genug, um eine glaubwürdige Vorstellung hinzukriegen.

Randall schlenderte in Grays Arbeitszimmer. «Der Mann, der das Feuerwerk für heute Abend aufbauen möchte, ist angekommen, Gray. Wo möchtest du ihn hinhaben?»

«Verdammter Mist», sagte Gray. «Es ist wohl zu spät, die gesamte Bande zu dem Gut von irgendeinem anderen armen Teufel zu schicken, oder?»

«Morgen werden sie auf und davon sein.»

«Für mich kann das nicht schnell genug gehen.»

«Was ist mit der Witwe Tremblay?»

«Seit ein paar Stunden sicher auf dem Weg zurück nach San Francisco.»

«Ich sah deinen Boten einreiten. Hast du die Nachricht erhalten, auf die du gewartet hast?»

«Endlich», sagte Gray. «Die Einzelheiten von dem Hypothekenschuldner des Theaters. Der Typ hat sich eine verdammt ungünstige Zeit ausgesucht, um eine ausgiebige Auslandsreise anzutreten.»

«Ich nehme an, du hast deinen nächsten Schritt bereits geplant?»

«Wie immer ist das Timing entscheidend», antwortete Gray. «Ich muss heute Abend nur diese verflixte Vorstellung durchstehen, dann wird sich alles klären.»

«Ich helfe unserem Mann, die Sachen aufzubauen», sagte Randall mit einer Munterkeit, um die Gray ihn nur beneiden konnte. «Längsseits, nach oben und überhaupt.»

«Sei bloß vorsichtig mit diesen Sprengstoffen», warnte Gray. «Mir wär's lieb, wenn du ganz bliebest.»

«Nanu, Grayson», stichelte Randall. «Man könnte glatt meinen, du bist auf deine alten Tage weich geworden.»

Gray schnaubte, als Randall sich zurückzog, aber die Worte seines Freundes gaben ihm zu denken. Hatte Auroras Einfluss ihn weicher werden lassen? Gott sei Dank war sie sicher fort vor dem großen Finale des Abends. Eine Sache weniger, um die er sich sorgen musste. Sobald diese Katastrophe namens *Rose and Thorn* der Vergangenheit angehörte und die Wolken über dem Tod seines Vaters sich gelichtet hätten …

Er unterbrach seine Gedanken mitten im Fluss. Bis dahin wäre Aurora auf und davon, um ein neues Abenteuer zu suchen. Sie würde ihren flüchtigen Besuch auf dem Grayson'schen Anwesen längst vergessen haben.

Aurora hielt sich genau an Mistys detaillierte Anweisungen, als sie ihr Kostüm anlegte und sich darauf vorbereitete, noch weiter in die Welt der Illusion einzutauchen. Die gesamte Zeit auf dem Grayson'schen Anwesen war mehr ein Traum gewesen als die Realität. So vieles war in so kurzer Zeit geschehen. Sie konnte kaum glauben, dass sie dieselbe Person war, die vor drei Tagen so frech in Graysons Leben geschneit war.

Als sie ihr Spiegelbild gründlich betrachtete, fand sie, dass es nur bestätigte, wie viel sich verändert hatte, sie selbst eingeschlossen. Denn sie hatte sich hoffnungslos in einen Mann verliebt, der in diesem Moment so fern und unerreichbar schien wie der Mond. Gott sei Dank war es unmöglich, dass er sie heute Abend auf der Bühne erkannte.

Das Kostüm war eigentlich nicht wirklich ein Kostüm, sein einziger Zweck bestand darin, es so aussehen zu lassen, als wäre die Person, die es trug, nackt. Misty hatte ihr versichert, dass alle Mädchen identisch angezogen wären. Aurora seufzte, als sie ihr widerspenstiges Haar nach oben unter die dunkle Perücke stopfte und die mit leuchtenden Juwelen besetzte Maske aufsetzte. Sie fühlte sich wie eine andere Person, und das war nicht länger ein angenehmes Gefühl. Es gefiel ihr, Aurora Tremblay zu sein. Und besonders gefiel ihr das Gefühl, verliebt zu sein.

Sie blickte durch das Fenster auf den Hof, wo eine provisorische Bühne errichtet worden war, und wünschte aus ganzem Herzen, dass sie nicht an der Aufführung teilnehmen müsste. Sie hatte es satt, so zu tun, als wäre sie jemand, der sie nicht war.

Mit Grayson hatte sie gelernt, vollkommen sie selbst zu sein. Und das war ein Gefühl, das sie für immer festhalten zu können wünschte. Er akzeptierte sie voll und ganz, erwartete nicht, dass sie sich änderte oder sich auf eine bestimmte Art benahm, um seinen Bedürfnissen zu entsprechen. Es war so befreiend. Die Liebe, die sie immer für extrem einengend gehalten hatte, erwies sich als das genaue Gegenteil.

Als Aurora sich daran machte, herunterzugehen, hörte sie ein lautes Krachen, wie von einem Gewehrschuss. Doch gewiss nicht schon wieder?

Ihr einziger Gedanke galt Graysons Sicherheit, und sie eilte nach draußen, wo die Abendluft erfüllt war von etwas, das wie eine ganze Salve von Gewehrschüssen klang. Sie stürzte auf den Hof hinaus und erstarrte, denn der Himmel war hell erleuchtet von einem Regen aus Licht und Farbe. Glitzernde

Regenbogen fielen durch die Nachtluft und illuminierten den Hof wie von Zauberhand.

Feuerwerk! Was noch hatte Misty über den Verlauf des bevorstehenden Abends zu erwähnen vergessen?

Während sie im Hof stand und voller Bewunderung für das Feuerwerk nach oben starrte, fühlte sie sich schon wieder dem unangenehmen Gefühl ausgesetzt, beobachtet zu werden. Als das Feuerwerk erstarb, lag schwerer Rauch in der Luft. Doch Aurora hätte schwören können, dass sie den beißenden Geruch einer Zigarre herausriechen konnte. Sie musste hier weg.

Im Ballsaal wurde Aurora sofort in das Gewimmel hinter der Bühne gezogen, an das sie sich so gut erinnerte. Mädchen huschten fieberhaft hin und her in dem Wissen, dass sich bald der Vorhang heben würde. Als sie sich umsah, bemerkte sie ein weiteres Detail, das Misty zu erwähnen versäumt hatte. Die anderen Kostüme waren farbig. Ihres war das einzige, das wie nackte Haut aussehen sollte.

«Komm her, Misty. Lass mich dein Kostüm fertig machen.»

Eines der Mädels griff sich einen schwarzen Schminkstift und zeichnete einen derben Haarschopf auf den Punkt, wo Auroras Oberschenkel zusammentrafen. Rote Schminke wurde benutzt, um die Kreise ihrer Nippel zu umreißen. Und bevor sie protestieren konnte, hörte sie die Kapelle beginnen.

«Das ist unser Einsatz. Fertig?»

«So gut wie.» Aurora griff sich ein Glas Champagner, das gerade in der Nähe stand, und goss es in einem Schluck hinunter, bevor sie sich umdrehte und ihren Platz in der Reihe einnahm.

Die Kapelle schmetterte «Street of Cairo», eine Bauchtanznummer, als die Mädchen die Treppe hinauftrippelten und sich mit neckischen Bewegungen auf die Bühne begaben. Mehrere Bedienstete zündeten zur Beleuchtung Fackeln am vorderen Rand an. Aurora war als Letzte dran. Sie holte tief

Luft und trat mutig auf das einzige Requisit zu, einen langen Esstisch, über den ein Laken drapiert war.

Gray stand an einer Seite der Bühne, im Gegensatz zu den anderen Männern, die nach vorne drängten, um zu gaffen. Als die Schauspielerinnen eine nach der anderen in ihren spärlichen und anzüglichen Kostümen auftraten, erwartete er, Abscheu zu verspüren.

Abscheu für die Männer, die zu dieser Art Vorführung ermutigten und sie genossen, begleitet von Bestürzung über die Frauen, die sich entweder freiwillig dazu entschlossen, ihren Lebensunterhalt auf diese Weise zu verdienen, oder keine andere Wahl hatten.

Jetzt fühlte er nur Abscheu gegenüber sich selbst. Wie konnte er nur von einer öffentlichen Darstellung derber Lustbarkeit ergriffen sein?

Aber ergriffen war er. Wie häufig er seine Augen auch von der dunkelhaarigen Schauspielerin abwandte, die nackt erschien, er konnte sich offensichtlich nicht dagegen wehren. Jedes Mal wandte seine Aufmerksamkeit sich wieder wie von Zauberkraft gelenkt ihr zu. Wie konnte er solche Begierden für eine ihm vollkommen Fremde empfinden? Er wusste nichts von dieser Frau außer seinem überwältigenden Bedürfnis, sie auf den Boden zu werfen, ihr das beleidigende Kostüm vom Körper zu schälen und ihre Haut in all ihrer weichen, weiblichen Pracht freizulegen. Sie zu schmecken. Sie zu nehmen. Sie zu besitzen.

Er war nicht besser als die anderen Mitglieder des *Rose and Thorn.* Und zum ersten Mal bekam er einen Eindruck davon, wie das Leben seiner Mutter sein müsste. Eine Ahnung, warum sie sich so benahm.

Er verlagerte sein Gewicht von einem Fuß auf den anderen und wünschte sich ein kaltes Bad. Verdammt gut, dass er einen

Umhang über seinen Kleidern trug. Er war gefesselt von den Ereignissen auf der Bühne, insbesondere von dem Ort, wo die dunkelhaarige Frau sich auf dem langen Tisch ausruhte. Von der Art, wie sie sich anzüglich rekelte, als die anderen Schauspielerinnen sie der Reihe nach mit Farbstrichen beschmierten im Versuch, sie zu einer der ihren zu machen.

Dennoch war es für Gray offensichtlich, dass die Frau niemals auf einer Ebene mit den anderen stehen würde. Etwas Undefinierbares hob sie ab. Sie war ein Teil der Gruppe, doch gleichzeitig auffallend allein. Gray konnte das auch auf sich beziehen, denn da war er, angeblich einer vom *Rose and Thorn*, dennoch keiner von ihnen.

Als die Vorstellung zu Ende war, fassten die Frauen sich an den Händen und stellten sich zu einer gemeinsamen Verbeugung vorne an die Bühne, um den stürmischen, begeisterten Applaus entgegenzunehmen. Die anderen Schauspielerinnen traten zwei Schritte zurück und ließen die Hauptdarstellerin alleine vorn in der Mitte.

Gray fühlte sich, als hätte jemand ihm einen kräftigen Stoß in den Magen verpasst. Er war so erstaunt über seine plötzliche Erkenntnis, dass er sich zuerst kaum bewegen konnte. Seine Füße waren wie am Boden festgewurzelt. Langsam, wild entschlossen gewann er die Kontrolle zurück und bahnte sich den Weg durch die Menge nach vorne und hinauf auf die Bühne.

Ihre Augen weiteten sich, als er sich näherte, und sie schaute nach links und rechts, als suche sie einen Fluchtweg. Aber es gab keinen Ort, wo sie hätte hinrennen können, keinen Ort, um sich zu verstecken.

Gray war so wütend, dass seine Hand zitterte, als er die Hand ausstreckte, um ihr die dunkle Perücke vom Kopf zu reißen. Das Licht der Laternen spielte auf dem feurigen Rot von Auroras wirklichem Haar, als es locker auf ihre Schultern fiel.

Langsam nahm sie ihre Maske ab und sah ihn an. Das Publikum begann zu applaudieren im Glauben, dies alles gehöre zur Vorstellung.

Gray warf seinen Umhang über sie. «Bedecke dich!»

Aurora fing ihn auf, aber legte ihn nicht um. Stattdessen stand sie mit dem Umhang in der Hand da und blickte ihn trotzig an. «Schon mal von dem alten Sprichwort gehört, dass die Show weitergehen muss?»

Er schnappte sich den Umhang wieder und hüllte sie selber darin ein. «Diese Show ist vorbei. Genauso wie diese ganze Party.»

Er stieß sie von der Bühne herunter, durch den Hof, am Ballsaal vorbei, hinein in den Flur in der Nähe der Treppe. Aurora hatte Grayson noch nie vorher so wütend gesehen wie jetzt, als er sie vor einen großen Spiegel schubste. «Sieh dich an!»

Irgendwo hatte er recht. Sie sah billig und geschmacklos aus, übersät von Streifen aus Theaterschminke. Ihre Gefühle ihm gegenüber waren das Einzige, das real war, aber es war wohl kaum der richtige Zeitpunkt, um ihm das zu sagen. «Ich spiele eine Rolle. Kannst du nicht zwischen Realität und Illusion unterscheiden?»

«Das war keine Vorstellung. Das war aufreizendes Tingeltangel der allerniedrigsten Sorte.»

«Deine Mutter ist Schauspielerin, wenn ich dich daran erinnern darf. Sie würde das verstehen.»

«Lass meine Mutter aus dem Spiel.»

«Was ist los, Grayson? Hat es dich erregt, mich da oben zu sehen? Hast du dich selbst und deine Gefühle verachtet, weil du plötzlich verstanden hast, wie es für deine Mutter war? Für die Männer, die sie auf der Bühne sahen und sie haben wollten?»

«Genießt du es, wenn andere Männer dich mit Lüsternheit in ihren Herzen anstarren?»

Aurora biss sich auf die Lippe. *Nur du*, hätte sie beinahe gesagt. «Bis ich dich traf, habe ich mich nie als den Typ Frau gesehen, der zu Lüsternheit inspiriert. Ich glaube, die anderen Männer sind dir einfach gefolgt.»

«Sie werden dich nicht haben. Nur ich.»

«Ich dachte, das hätten wir bei unserer ersten Begegnung klargestellt.»

«Verdammt, Aurora!» Ein wütender roter Punkt glühte auf jeder seiner Wangen.

«Ist das ein gutes ‹verdammt, Aurora› oder ein böses ‹verdammt, Aurora›?»

«Ständig widersetzt du dich mir. Und du bist hier nicht sicher.»

«Das war ich nie.»

Grayson ließ ein unterdrücktes Fluchen hören und wandte sich von ihr ab. Das war's, fürchtete Aurora. Jetzt hatte sie ihn so wütend gemacht, dass er nicht mehr sprechen konnte. Sie griff sich eine Stoffserviette von einem Sideboard in der Nähe, befeuchtete sie mit Champagner und begann, die Farbe von ihrem Gesicht zu wischen. Wenn sie nur ebenso einfach die wütenden Gefühle wegschrubben könnte, die sie in Grayson hervorgerufen hatte.

Dann war er da, vor ihr. Er nahm ihr die Champagnerflasche aus der Hand und beträufelte sie damit, als wäre der Champagner ein Zaubertrank. Fähig, die Wut und die Verletzungen und Missverständnisse wegzuwaschen und ihnen zu ermöglichen, nochmal ganz von vorne anzufangen.

Der Wein spritzte auf ihre bloßen Schultern, und er leckte ihn ab. Küsste ihn ab.

«Grayson …?» Ihre Stimme klang zittrig. Unsicher.

«Schhhhh …»

Er zog sie an sich, umfing sie mit seinen Armen und bedeckte ihre Lippen mit seinen.

Aurora hätte weinen mögen, als sie seinen Kuss schmeckte – so süß und sanft und fürsorglich.

Sie atmete zitternd aus, als der Kuss vorbei war und blinzelte eine Träne weg, die sich auf ihren Wimpern herumgedrückt hatte.

«Nicht», sagte er und küsste ihre Augenlider, als küsse er den Schaden und die Verletzungen weg, die sie einander zugefügt hatten. «Es ist genauso meine Schuld. Ich versuche, alles und jeden in meinem Leben unter Kontrolle zu behalten.»

«Manche Dinge können wir einfach nicht kontrollieren.»

«Das ist kein besonders angenehmes Gefühl für jemanden, dessen gesamtes Leben darauf basiert, die Kontrolle zu behalten.»

Beim Geräusch herannahender Schritte trennten sie sich, als ob sie sich mit ihrer Umarmung wegen irgendetwas schuldig fühlen sollten.

«Grayson.» Aurora glaubte nicht, dass sie es ertragen könnte, wenn irgendjemand sie so sähe.

Grayson schien ihre Gedanken erraten zu haben, denn er verschwand mit ihr in einen Wäscheschrank, der in der Nähe stand, und zog die Tür fest hinter sich zu.

Draußen im Flur waren die Geräusche hektischer Aktivitäten zu hören. Auf undefinierbare Stimmen folgte Hin- und Hergerenne über den Flur und das dumpfe Trampeln mehrerer Fußpaare die Treppen hinauf und herunter.

Sicher in ihrer dunklen Enklave mit Grayson, nahm Aurora nichts außer ihm wahr. Seine Wärme. Der gute, saubere Geruch seiner Haut. Das Heben und Senken seines Atems. Sie nutzte den Vorteil des engen Verstecks und schmiegte sich noch dichter an ihn. Zurück in die Sicherheit seiner Arme, betend, dass er sie nicht hasste.

Er stand still und reagierte nicht auf ihre Nähe – der größere Teil von ihm zumindest. Der Körperteil, den er nicht kontrollieren konnte, zeigte eine äußerst klare Reaktion auf ihre Nähe.

«Hasst du mich dafür, dass ich dich hintergangen habe?», fragte sie.

«Warum hast du das getan?»

«Um einer Freundin zu helfen. Und weil es mir ermöglichte, hier bei dir zu bleiben.»

«Ich wollte dich weit weg in Sicherheit haben. Ich weiß jetzt, wer meinen Vater ermordet hat, aber er muss sich selbst bei seinem Spiel ein Bein stellen. Ich brauche mehr Zeit.»

«Ich verspreche, dass ich mich von dir fernhalte.»

«Aber du kannst nicht versprechen, dass du aus meinen Gedanken verschwindest, oder?»

«Da muss ich mich wohl schuldig bekennen.» Sie reckte sich zu ihm hoch und schaffte es irgendwie, in der Dunkelheit seine Lippen mit den ihren zu finden. Sie berührte sie sanft, um das unvermeidliche Weichwerden, Verschwimmen zu spüren. Die Art, wie ihre Münder zu einem verschmolzen, so wie auch ihre Körper es gewohnt waren.

Als Grayson sie zu streicheln begann, zitterte sie unter der Herrlichkeit seiner Zärtlichkeit, bis er plötzlich aufhörte. Sie war nicht daran gewöhnt, dass Grayson inmitten von irgendetwas aufhörte, besonders etwas intimer Natur.

Er zerrte am Ausschnitt ihres Kostüms. «Kann man dieses Ding irgendwo aufmachen?»

«Man zieht es einfach im Ganzen an und aus.»

«Ich fürchte, dafür habe ich nicht die Geduld.»

Sie hörte das Geräusch reißenden Stoffes, und Sekunden später lag das ruinierte Kostüm in Fetzen zu ihren bloßen Füßen.

«Schon viel besser», sagte Grayson und zog sie zu sich heran.

«Damit bist du ja schnell fertig geworden», sagte Aurora. «Hast du den Champagner mitgenommen?»

«Allerdings. Bist du durstig?»

«Nein, ich überlegte nur, ob du gern irgendetwas hättest, während ich dich verführe.»

«Du bist nackt in meinen Armen. Das ist mehr als genug Verführung für die meisten Männer.»

«Das stimmt. Aber du bist nicht die meisten Männer.»

Sie knöpfte sein Hemd auf, schob es zur Seite und nahm sich die Freiheit, seine Brust zu berühren, die Ebenen und die Hügel, die flachen männlichen Nippel, die klar umrissenen Matten aus Haar. Sie rieb ihre Brüste an ihm und spürte die Reaktion ihres Körpers, ein Weichwerden ihrer Glieder. Alles an ihr, innen wie außen, wurde feucht und flüssig.

Sie öffnete seine Hose und stieß sie beiseite, dann kniete sie sich vor ihm hin und nahm ihn in ihren Mund. Sie liebte sein weiches, hartes Ding. Die Art, wie sein Atem stockte. Sie rollte ihre Zunge um ihn, von einem Ende bis zum anderen, sie schenkte ihm zusätzlich ein tiefes, befriedigendes Saugen, um ihn auf ganze Länge zu bringen, und erhob sich.

«Aurora.» Ihr Name hatte auf seinen Lippen noch nie so verführerisch geklungen.

Sie schlang ihre Arme um seine Schultern und ihre Beine um seine Taille. Er fasste sie unter ihrem Hintern und trug ihr Gewicht, während ihre Hitze die seine suchte und fand, gierig und ungeduldig.

Er neckte sie, rieb sich an ihr, als ob er kurz davor wäre, sie in Besitz zu nehmen, dann zog er sich zurück, lachte über ihren weichen, frustrierten Seufzer.

«Grayson.» Sanft hämmerte sie mit ihren Fäusten auf ihn ein. «Quäl mich nicht so, du Mistkerl.»

«Willst du das?» Langsam ließ er seinen Schwanz in sie hineingleiten.

Sie stöhnte heftig, als sie sein Eindringen spürte, langsam und sicher füllte er sie vollständig aus. Ihr Körper pulsierte und hieß ihn in ihr willkommen, indem sie ihn mit samtener Hitze überzog.

«O ja!» Den Kopf zurückgeworfen, die Augen geschlossen, bewegte sie sich mit ihm, gegen ihn, ihr wilder Rhythmus traf seinen und passte sich ihm an. Langsamer. Schneller. Dann wieder langsamer, was ihr die Möglichkeit gab, nach unten zu langen und sie beide zu berühren.

«Ich liebe es, wenn du das tust», stieß Grayson hervor, während er weiter ihren Rhythmus traf und ihm entgegenkam.

«Was? Dich berühre?», fragte Aurora und umringte ihn mit ihrem Daumen und Zeigefinger. «Oder mich berühre?»

«Berühre uns beide. Steigere unsere Lust.»

«Dein Wunsch ist mir Befehl.»

Die Intensität ihrer Vereinigung nahm zu, als plötzlich jemand von der anderen Seite zur Tür hereinplatzte. Jeden Augenblick könnte die Tür aufgerissen und könnten sie entdeckt werden. Das Risiko und die Erregung führten zu einer fieberhaften Ekstase, die ihr Tempo anfeuerte. Sie konnte das Geräusch ihres Hinterteils hören, das gegen Graysons Oberschenkel schlug, als sie seine kraftvollen Stöße aufnahm und parierte. Sie griff nach unten, um seine Eier zu streicheln, dann ließ sie in einem plötzlichen Anfall von Kühnheit ihren kleinen Finger herumgleiten, um seine jenseitige Öffnung zu stimulieren. Er hielt den Atem an und umarmte sie fest, anscheinend genoss er das Unerwartete ihrer Handlung. Weiter ermutigt, ließ sie ihren Finger so in ihn hineingleiten, wie er es bei ihr gemacht hatte. Er fand ihren Mund im Dunkeln, küsste sie tief, zustimmend. Bildete sie es sich ein, oder wurde er sogar noch härter, drang er tiefer in sie ein, verstärkte die Lust bis über das Vorstellbare hinaus?

Der Höhepunkt, als er schließlich kam, war so schnell und alles verschlingend wie die Eindringlichkeit, mit der sie sich geliebt hatten. Aurora erstickte ihren Schrei der Ekstase an Graysons Hals – im gleichen Moment, als er zitterte und sich in sie entleerte.

Langsam, immer noch sanft von ihm gehalten, löste sie ihre Beine von ihm und kam auf die Füße. Sie lehnte sich geschwächt an ihn, genoss die liebevolle Art, wie er über die Länge ihres Rückens strich und der sanften Kurve ihrer Rückseite folgte.

«Das war eine verdammt angenehme Art, eingesperrt zu

sein», flüsterte er, sein Atem strich über ihre schweißfeuchte Stirn. «Dennoch glaube ich, ich ziehe die Weichheit eines Bettes vor.»

«Ich weiß, wo wir eins finden können», sagte sie, ihre Arme immer noch um ihn gelegt. «Glaubst du, dass die Luft jetzt rein ist?»

«Es hat sich beruhigt. Am besten rennen wir, so schnell wir können.» Während er seine Kleidung glatt strich, hüllte Aurora sich von Kopf bis Fuß in seinen Umhang. Er öffnete die Tür, gab ihr ein Zeichen der Entwarnung und zog sie die Treppen zu ihrem Zimmer hinauf.

Sie stürzten hinein, Aurora kicherte über die Albernheit ihrer Eskapaden. Angesichts des Ausdrucks auf Graysons Gesicht blieb ihr das Lachen im Hals stecken. Erst jetzt bemerkte sie, dass das Zimmer warm und hell erleuchtet war. Und im Augenblick belegt von seiner rechtmäßigen Bewohnerin.

«Hallo, Mutter», sagte Grayson. «Was verschlägt dich hierher?»

Zwölf

Aurora schmiegte sich in Grays Umhang, sie war sich allzu intensiv der Tatsache bewusst, dass sie nicht angezogen und noch vor wenigen Augenblicken mit Grayson in den Fängen der –

Daran konnte sie jetzt nicht denken. Nicht, wenn Celeste Grayson am anderen Ende des Zimmers stand und ihr Publikum genauso hervorragend im Griff hatte wie immer.

Aurora erinnerte sich an die Zeit, als sie zusammen gearbeitet hatten. Daran, dass es für die Bühnendiva niemals einen Unterschied von Phantasie und Realität gegeben hatte. Kein Wechsel von einer Welt zur anderen, so wie es für Aurora war. Sie war sicher, dass das dieser Frau so eine unglaubliche Bühnenpräsenz verlieh. Schauspielen war nicht Celestes Arbeit. Schauspielen war sie selbst.

«So, so.» Celeste betrachtete sie in königlicher Manier von oben bis unten. «Haben wir hier vielleicht diejenige vor uns, die in meinem Bett geschlafen hat?»

Aurora hätte alles darum gegeben, unsichtbar zu werden, aber Grayson zog sie vorwärts. «Aurora, darf ich dir meine Mutter vorstellen, Celeste Grayson. Mutter, Aurora Tremblay ist an diesem Wochenende unser Gast. Und ja, ich habe ihr in deiner Abwesenheit dein Zimmer angewiesen.»

Celeste hob amüsiert eine Augenbraue. «Ein Schachzug, der mir mehr verrät, als du jemals wissen wirst, Gray.» Sie wandte ihre Aufmerksamkeit wieder Aurora zu. «Sie kommen mir bekannt vor. Wenn mich die Erinnerung nicht täuscht, haben wir zusammen gespielt?»

«Ich fühle mich geehrt, dass Sie sich an mich erinnern», sagte Aurora.

«Glauben Sie mir: In diesem Metier lohnt es sich, sich an jeden zu erinnern, ob Freund oder Feind.»

«Es tut mir leid, dass ich hier eingedrungen bin», sagte Aurora und drängte zur Seite. «Ich nehme einfach meine Sachen zusammen und …» Ihre Stimme verstummte. Sie konnte den Rest ihres Gedankens kaum in Worte fassen. *Sieh zu, dass ich hier rauskomme und etwas anziehen kann.*

«Wo wir gerade von Feinden sprechen», sagte Grayson leichthin.

«Du brauchst kein Wort mehr dazu zu sagen. Ich habe Augen. Ich muss dir sagen, Grayson, ich hätte nie gedacht, dass ich den Tag erleben würde, an dem der *Rose and Thorn* hier auf dem Gut Einzug hält.» Ihre Stimme erhob sich dramatisch. «Ich spüre förmlich, selbst jetzt, wie deine Großeltern sich im Grabe umdrehen.»

«Vater war ein aktives Mitglied im Club.»

«Aber er hat ihn nie mit sich nach Hause gebracht. Unser Zuhause war immer neutral.»

Grayson lachte bitter. «Neutral. Daran kann ich mich nicht erinnern, wenn ich an meine Jugend denke.»

«Eine Tatsache, an der du mir die Schuld gibst, da bin ich sicher. Aber bedenke, die Dinge sind nie genau so, wie sie scheinen.»

«Nein. Mit dir glich immer alles einer Aufführung.»

«Nicht alles. Ich liebte deinen Vater bis zu dem Tag, an dem er starb.»

«Und du und ich, wir wissen beide, dass Vater seinem Leben niemals selbst ein Ende gesetzt hätte.»

Celeste nickte zustimmend. «Eine tödliche Sünde höchsten Grades. Jonathan würde nie eine Ewigkeit in der Hölle riskiert haben.»

«Seid ihr deswegen verheiratet geblieben? Wegen der Kirche?»

«Wir sind verheiratet geblieben, weil wir beide es wollten.

Ich gebe zu, dass die Art, in der wir unsere Eheversprechen hochgehalten haben, nichts für jedermann wäre. Wir haben uns dafür entschieden, innerhalb der Grenzen unserer Ehe gewisse Freiheiten zu genießen.»

«Warum dann überhaupt heiraten?»

Bildete Aurora sich das ein, oder wurde Celeste rot? «Weil es uns passte. Jetzt aber, wo ist dein Bruder? Ich habe nach ihm geschickt, sobald ich auf dem Gut angekommen bin.»

«Beau hat seine eigene Tagesordnung, Mutter. Er wird sich dann sehen lassen, wenn es ihm passt, und keine Sekunde früher.»

«Ja, ich fürchte, Beau hat nicht dein angeborenes Gefühl für Verantwortung geerbt.» Sie verengte nachdenklich ihren Blick. «Andererseits habe ich oft gedacht, dass du vielleicht seinen Anteil zusammen mit deinem eigenen bekommen hast.»

Wieder einmal fand Aurora sich diesem abschätzenden Blick ausgesetzt, der dem von Grayson so ähnelte. «Soweit ich mich erinnere, Aurora, sind auch Sie nicht der Typ, der den *Rose and Thorn*-Club und seine Eskapaden schätzt.»

«Ganz und gar nicht», gab Aurora zu.

«Dennoch standen Sie heute Abend auf der Bühne. Ich habe einen Teil der Aufführung mitbekommen.»

«Ich bin für eine Freundin eingesprungen.»

«Ich bewundere Loyalität. Ich kannte Ihre Eltern. Beide waren äußerst bewundernswerte Menschen.»

«Danke», sagte Aurora. «Ich vermisse sie sehr.»

Celeste wandte sich an Grayson. «Warum ziehst du nicht einfach los und kümmerst dich um das, was dich so nervös macht, Gray? Was auch immer es ist. Lass uns zwei Mädels allein, damit wir uns über alten Klatsch aus dem Theater austauschen können.»

«Das passt mir hervorragend. Ich habe mehrere lose Enden, die unbedingt einen festen Knoten brauchen.»

Aurora beobachtete Grays Rückzug voll düsterer Vorahnungen. Was auch immer er tun wollte, sie wollte daran teilnehmen und nicht wie irgendein unfähiger Trottel ferngehalten werden, um mit der Mutter Tee zu trinken und zu plaudern.

«Ich bin sicher, Sie werden sich viel besser fühlen, sobald Sie ein paar Kleider anziehen, meine Liebe.»

Aurora errötete zutiefst. Woher wusste diese Frau, dass sie unter ihrem Umhang nackt war?

Celeste lächelte. «Seien Sie nicht peinlich berührt. Grayson ist der Sohn seines Vaters. Ich habe mich mehr als ein- oder zweimal mit Jonathan in einer kompromittierenden Situation befunden.» Sie seufzte dramatisch. «Ich vermisse ihn sehr. Ich gehe davon aus, dass Grayson eines Tages schon herausfinden wird, warum wir eigentlich geheiratet haben. Und warum genau sind Sie nun hier und verführen meinen Sohn?»

Aurora empörte sich über diese Interpretation. «Ich bin wohl kaum die Verführerin von irgendjemandem. Ich versuche Grayson davon zu überzeugen, das *Gaslight Theater* nicht abzureißen. Ich hatte gehofft, es ihm entweder abkaufen oder von ihm mieten zu können. Es ist der ideale Ort, um bewegte Bilder zu zeigen. Und ich bin mit diesem Gebäude zutiefst verbunden.»

«Sehr unternehmerisch von Ihnen, meine Liebe. Ich sehe auch den Tag kommen, an dem viele von uns in diesem Metier sowohl für den Film als auch auf der Bühne spielen werden.»

«Grayson teilt meine Ansichten nicht.»

«Gray gibt dem Theater die Schuld an allem, was in unserer Familie schiefgelaufen ist. Viel einfacher, als mir oder seinem Vater die Schuld zu geben.»

«Dennoch schätze ich es für alles, was in meiner Familie richtig gelaufen ist.»

«Eine ausgeglichene Sichtweise ist wichtig. Ich sage voraus, dass Sie und Grayson ein starkes, sich ergänzendes Team sein werden.»

«Ich tue mein Bestes, um ihn genau davon zu überzeugen. Von einer geschäftlichen Zusammenarbeit», fügte sie eilig hinzu.

Celestes Augen rollten himmelwärts. «Söhne. Die große Freude und unendliche Herausforderung einer Mutter. Warum konnte ich nicht eine reizende, leicht verstehbare Tochter haben anstatt meiner zwei schwierigen und launischen Jungen?» Sie lachte. «Außer dass ich sie beide von ganzem Herzen liebe und mir kein Leben ohne sie vorstellen kann.»

«Vielleicht wäre es keine schlechte Idee, Ihnen das zu sagen. Um sicherzugehen, dass sie sich dieser Tatsache überhaupt bewusst sind.» Aurora lächelte über dieses Bild. Die legendäre Celeste Grayson hält Hof, ihre kaiserliche Hoheit versichert ihre loyalen Untertanen ihrer Liebe.

Sobald Celeste fertig damit wäre, Grayson zu sagen, dass sie ihn liebte, wäre vielleicht Aurora an der Reihe. Vielleicht würde Grayson dahinterkommen, dass Liebe gar nicht so angsteinflößend war. Dass die Liebe einer Frau, sei es sie oder seine Mutter, ihn nicht notwendigerweise schwach und hilflos machen würde.

«Er war nicht sehr glücklich, mich heute Abend auf der Bühne zu sehen.»

«Das sind sie nie, meine Liebe. Respektiere die Kunst, verdächtige den Künstler. Sein Vater war ganz genauso. Er wird sich wieder beruhigen. Jonathan hat das immer getan.» Sie seufzte. «Trotz unserer Differenzen war er meine größte Liebe, die größte Leidenschaft, die ich je erlebt habe.»

«Mehr als die Bühne?»

«Die Liebe, die ich für Jonathan empfunden habe, war unvergleichlich.»

«Auch das sollten Sie Grayson sagen.»

«Das ist einer der Gründe, warum ich hier bin. Jonathan hatte an vielen etwas auszusetzen, aber er hat sich auch für vieles eingesetzt. Obwohl er nicht Beaus Vater war.» Sie seufzte.

«Was wir nicht alles tun, um diejenigen zu schützen, die wir lieben …»

Diese Aussage gab Aurora zu denken. War es das, was Grayson mit ihr tat? Versuchte er, sie zu beschützen? Hieß das vielleicht, dass auch er sie liebte?

«Ich werde diesen Abend immer bereuen, an dem ich zu viel getrunken hatte und Jonathan die Wahrheit erzählte – wie Julian mich mit Gewalt genommen hat, mit Beau als Ergebnis. John war wütend, dass ich ihm das nicht gleich gesagt hatte. Doch die beiden waren immer so eng gewesen, wie Brüder. Wie konnte ich diejenige sein, die sie auseinanderriss?»

Die Tür flog auf und enthüllte, dass Beau auf der anderen Seite stand. Sein Gesicht war aufgewühlt, als er auf sie zukam. «Kein Wunder, dass du Gray mehr liebst als mich.»

«Beau.» Celeste wirkte erschrocken. Sie fasste mit einer Hand nach ihm, aber er schüttelte sie ab. «Das ist nicht wahr. Ich liebe euch beide gleich.»

«Wie konntest du mich lieben? Wie könnte das irgendjemand?»

«Nichts kann so schlimm sein, wenn es mir dich gab, mein Sohn.»

«Zumindest weiß ich jetzt, warum du meine Abstammung vor mir geheim gehalten hast. Das habe ich mich immer gefragt, weißt du.» Während er sprach, spielte Beau mit dem Ring an seiner linken Hand herum, wie ein Jüngling, der vor den Schulleiter zitiert worden ist. Auroras Augen weiteten sich. Beau trug den zerbrochenen *Rose and Thorn*-Ring, genau wie Misty gesagt hatte.

Hieß das …? War es möglich …? Konnte Beau Jonathan umgebracht haben? Bei dem Versuch, die Identität seines tatsächlichen Vaters herauszufinden?

«Gray hat mich immer gescholten, ich würde dich verwöhnen, als du noch klein warst. Ich fürchte, er könnte in der Beziehung recht gehabt haben.»

«Komisch. Ich fange an zu glauben, dass Gray in Bezug auf viele Dinge recht hatte», sagte Beau.

«Du hast immer zu ihm aufgeblickt», sagte Celeste sanft. «Ich liebte es, dich dabei zu beobachten, wie du ihm überallhin gefolgt bist.»

Beau hatte einen merkwürdig nachdenklichen Gesichtsausdruck, als wäre er an einem anderen Ort und nicht in dem Zimmer mit Aurora und seiner Mutter. «Manchmal ist die Wahrheit, egal wie schlimm sie scheinen mag, weniger schrecklich als die Dinge, die unser Gehirn sich ausmalt.»

«Beau.» Celeste streckte flehentlich eine Hand aus. Zu spät, denn Beau stürmte wütend aus dem Zimmer.

«Lassen Sie mich mit ihm reden», sagte Aurora, drehte sich um und eilte hinter ihm her. Er war schon außer Sichtweite, aber sie konnte seine Schritte vor sich auf der Treppe hören. Sie packte das Geländer und gab sich Mühe, ihn einzuholen, bevor der Partylärm ihn übertönen würde.

Gray schritt zielstrebig den Flur entlang und rief im Gehen nach Randall. Randall kam um eine Ecke geschlittert, und die beiden Männer schafften es gerade noch, einen Zusammenstoß zu vermeiden.

«Wo zum Teufel ist Julian?», fragte Gray.

«Ich weiß es nicht.»

«Ich habe dir gesagt, du sollst ihn im Auge behalten.»

«Das *habe* ich auch. Er war ziemlich interessiert an der Szene, die du Aurora in aller Öffentlichkeit gemacht hast. Aber so, wie deine Gäste da herumwimmeln, hat er es geschafft, mich abzuhängen.»

«Finde ihn», bellte Gray, «und bring ihn in mein Arbeitszimmer. Es gibt eine ganze Reihe von Dingen, für die er mir eine Antwort schuldig ist. Angefangen mit der Unterschrift meines Vaters, die er auf der Hypothek des Theaters gefälscht hat.»

«Ich werd's versuchen. Aber ich muss dich warnen, die Horde ist außer Rand und Band. Julian in diesem Gedränge zu finden wird ziemlich schwierig sein.»

«Bring Beau dazu, dir zu helfen. Es wird Zeit, dass er seinen Teil beiträgt.»

«Entschuldige, aber ich dachte, du ziehst es vor, Beau auf Distanz zu halten.»

Das stimmte – er hatte absichtlich alle auf Distanz gehalten. Eine Tatsache, die sich dank Aurora kürzlich geändert hatte. «Erzähl ihm, ich hätte gesagt, es sei längst überfällig, dass er sich in diese Familie einbringt. In jeder Beziehung.»

«Wird gemacht!» Randall salutierte gekonnt und drehte ab, um Grays Befehl auszuführen.

Die Küche war dunkel und verlassen. Vor ihr hatte Beau sein Tempo verlangsamt, und Aurora passte ihres entsprechend an, um ihren Augen die Gelegenheit zu geben, sich an das fehlende Licht zu gewöhnen. Sie hatte nicht den Wunsch, in irgendetwas hineinzurennen und Beau auf ihre Gegenwart aufmerksam zu machen.

Er verschwand durch eine enge Tür, die sie vorher noch nie gesehen hatte. Sie wartete ein paar Sekunden und folgte ihm dann. Die dunkle, wackelige Treppe führte unter die Küche zu etwas, was ein Keller sein musste. Sie klammerte sich an das Geländer und betete, dass die Stufen in Ordnung waren, da sie rein gar nichts vor sich sehen konnte.

Schließlich trat ihr Fuß auf Erdboden anstatt auf Holz, und sie atmete tief durch. Es war kühl, der Geruch feucht und erdig. Sie konnte vor sich gerade eben das schwache Flackern eines Lichtes ausmachen und begab sich vorsichtig auf den Weg dorthin.

Sie waren im Weinkeller, merkte sie, als sie durch Reihen staubiger Flaschen ging, die auf beiden Seiten lagerten. Als sie sich dem Licht näherte, konnte sie das leise Gemurmel männlicher Stimmen hören. Vorsichtig schlich sie voran und kroch hinter ein Fass. Wenn sie an der einen Seite vorbeilugte, konnte sie zwei schattige Figuren ausmachen. Beau stand mit dem Rücken zu ihr, Julian direkt gegenüber.

Die beiden Männer wirkten wie Hunde, die Witterung aufnahmen. Die Ähnlichkeit in ihrer Haltung war so offensichtlich, dass sie sich zusammennehmen musste, um angesichts dieser Erkenntnis nicht laut einzuatmen.

«Hast du den Ring deines Bruders mitgebracht?», fragte der ältere Mann.

Als Beau seine Hand erhob, glitzerte Kerzenlicht auf dem Silber. «Wie ist er kaputt gegangen?», fragte er.

«Es hat einen kleinen Unfall gegeben», antwortete Julian.

«Gray hat keine Unfälle.»

«Ganz recht, mein Junge. Ganz recht.»

«Also ist das hier nicht Grays Ring.»

«Da hast du schon wieder recht. Vielleicht bist du doch nicht so dumm wie deine Mutter.»

«Und nicht so gewissenlos wie mein Vater.»

«Wer auch immer der unglückliche Gentleman sein mag.»

Beau rückte vor. «Oh, ich denke, das wirst du wohl wissen. Ich denke, du weißt sehr wohl, wer mich gezeugt hat. Selbst wenn du nie die Verantwortung für deine Handlungen tragen wolltest.»

«Das hat sie dir erzählt? Das sind alles Lügen. Weißt du, ich ziehe es vor, meine Eroberungen nicht zu teilen. Und deine Mutter war immer eher freizügig in dieser Hinsicht.»

Aurora unterdrückte einen Aufschrei, als Beau nach Julian schlug. Julian hatte eine solche Reaktion offensichtlich erwartet, denn hinter seinem Rücken holte er eine dicke Holzkeule hervor. Aurora sah Bewegung, wollte aufspringen, um zu helfen, erstarrte jedoch, als die Keule mit einem dumpfen Schlag Kontakt mit Beaus Schädel aufnahm. Sie hörte, wie

Beaus Körper auf den Kellerfußboden aus gestampfter Erde stürzte, und beobachtete Julian, der sich hinunterbeugte und den Ring von der Hand des jungen Mannes abzog. Er richtete sich auf und steckte den Ring in die Innentasche seines Jacketts. Aurora duckte sich wieder zurück hinter ihr Fass, aber nicht schnell genug. Julian hatte diese blitzschnelle Bewegung offensichtlich registriert, denn er drehte sich absichtlich sehr langsam in ihre Richtung.

Licht und Schatten verstärkten die Bedrohlichkeit seiner Haltung, als er einen Schritt vorwärtsging. Er packte die Keule fester, und sein Blick wanderte von einer Seite auf die andere. Er konnte nicht wissen, wie viele Leute dort im Schatten versteckt wären. Aurora sah, wie die Unsicherheit von seinem Gesicht schwand, gefolgt von stählerner Entschlossenheit.

«Wer ist da? Kommen Sie sofort heraus, bevor ich die Geduld verliere.»

Aurora sah sich um auf der Suche nach einer Waffe. Irgendetwas, das sie benutzen konnte, um sich gegen den Mann zu verteidigen. Sie griff sich eine staubbedeckte Weinflasche und steckte sie unter ihren Umhang, bevor sie sich noch tiefer in den Schatten zurückzog.

«Dann soll's so sein», sagte Julian mit erwartungsvoll verdunkelter Stimme. «Ich habe immer meine Freude an einem kleinen Versteckspiel.» Er leckte seine Lippen und schnupperte wie ein Jagdhund, der einen Fuchs riecht. «Sie wissen natürlich, dass es unmöglich ist, hier herauszukommen.»

Aurora untersuchte ihre Umgebung und fragte sich, ob sie irgendwo durchkriechen konnte, um hinter ihn zu gelangen. Sie behielt ihn im Blick, als sie lautlos zwischen die aufgestapelten Fässern zurückwich, bis sie in einer Sackgasse gelandet war.

«Komm raus, komm raus, wo auch immer du bist.» Julians Singsangstimme verursachte ihr Übelkeit. Sie konnte nicht dort bleiben, in die Enge getrieben. Sie musste sich ihm stellen und hoffen, dass die Überraschung auf ihrer Seite war.

«Es gibt viel reizvollere Orte auf diesem Anwesen für ein Rendezvous», sagte sie beiläufig und trat nach vorne, um sich zu offenbaren.

«Na, na, na», sagte Julian mit einem unheilvollen Kichern. «Was haben wir denn da? Doch nicht etwa Graysons neueste Eroberung? Und noch dazu ganz allein.»

«Was bringt Sie auf die Idee, ich wäre allein?»

«Ich habe dich die ganze Zeit beobachtet. Ich weiß, dass du allein bist.»

«Sie können genauso gut aufgeben», sagte Aurora mutig. «Grayson weiß, dass Sie seinen Vater umgebracht haben.» Als sie in den dämmrigen Lichtschein trat, warf sie einen besorgten Blick auf Beaus reglose Gestalt.

Julian deutete ihren Blick richtig. «Keine Sorge, meine Liebe. Er wird später mit Kopfschmerzen zu sich kommen. Ich habe nicht die Absicht, meinen eigenen Sprössling zu töten. Ich glaube sogar, der Junge wird mir sehr nützlich sein. Falls Grayson ihm nicht das Gut hinterlassen hat, werde ich einfach sein Testament ändern lassen.»

«Ich vermute, dass Sie das schon lange geplant haben.»

Julian seufzte tief, als wäre er von ihren Worten getroffen. «Ich halte nichts von Langzeitplänen, sondern ergreife die Gelegenheit beim Schopfe, wenn sich eine bietet. Wie jetzt.» Als er nach vorne trat, hielt sie die Stellung, selbst als seine Augen anzüglich über ihren in den Umhang gehüllten Körper glitten.

«Komm näher, meine Liebe. Lass mich deine Schönheit genießen.»

«Ich ziehe einen Abstand zwischen uns vor.»

«Du wirst bald einen anderen Ton anschlagen. Das haben noch alle getan.» Er schloss die Lücke, packte ihr Kinn zwischen Daumen und Zeigefinger und drückte zu.

«Hören Sie auf damit.» Aurora schob seine Hand weg. «Sie tun mir weh.»

Sein Gesicht leuchtete voller dunkler Freude auf. «Betrachte es als kleines Vorspiel für das, was noch kommt.»

«Ich weiß, dass Sie es waren, der Misty so zugerichtet hat.»

«Das ist eine ziemlich scharfe Bewertung unserer sexuellen Eskapaden.»

Aurora musste ihn weiterreden lassen, ihn ablenken, bis seine Wachsamkeit nachließ. «Sie genießen es, Menschen wehzutun.»

«Ja. Schmerzen zuzufügen ist eine meiner vielen Freuden.»

«Haben Sie deshalb mit Graysons Vater den Club gegründet?»

«Nein. Auf gar keinen Fall», sagte Julian. «Von meiner Seite aus gesehen war der Club eine rein geschäftliche Entscheidung. Leider hieß Jonathan meine Geschäftspraktiken nicht immer gut. Nur weil ich seine Unterschrift auf der Hypothek für das Theater gefälscht hatte … Wir waren doch beide gleichberechtigte Partner. Manchmal ist ein Partner gezwungen, etwas zu tun, was dem anderen missfällt.»

«Ihr Ring wurde an jenem Tag im Theater beschädigt. Deshalb haben Sie den Ring gegen den von Grayson getauscht.»

«Aber, aber, Sie waren wirklich fleißig. Ich gebe zu, ich liebe es schon seit längerem, mir Dinge zu nehmen, die der Familie Thorne gehören. Ich habe es genossen, mir Celeste von Jonathan zu nehmen.» Er wurde nachdenklich. «Dummer Jonathan. Ziemlich spät, mich damit zu konfrontieren in der Absicht, die Ehre seiner Frau zu verteidigen. Als ob die Frau irgendwelche Ehre übrig gehabt hätte, die es wert gewesen wäre, verteidigt zu werden.»

«Musste er deshalb sterben?»

Er schien sich ein wenig zu entspannen, da er sich für das Thema erwärmte. «Ich würde es gerne als einen Unfall bezeichnen. Aber die Wahrheit ist, es gibt im Leben keine Unfälle.»

Aurora packte den Hals der Weinflasche fester. Würde ein Schlag ausreichen, um ihn bewusstlos werden zu lassen? Sie musste sicher sein, dass er saß. Warten, bis er genau in der richtigen Position stand …

«Eines, was ich immer an Ihnen bewundert habe, ist Ihre Ausstrahlung von Macht.» Sie streckte ihre Hand aus, um seine Hand zu berühren, und versuchte dabei, ihren Körper in den richtigen Winkel zu bringen und ihren Stand zu verbreitern. Sie machte Anstalten, die Flasche in Stellung zu bringen, aber Julian erhaschte die kleine Bewegung.

«Was ist denn das?» Julian packte ihr Handgelenk und verdrehte es, stark genug, um ihr Tränen in die Augen zu treiben. Sie war gezwungen, loszulassen. Die Flasche landete dicht neben ihren Füßen auf dem Boden.

Julian kickte sie zur Seite, seine Augen weiteten sich, und ihm triefte Speichel aus dem Mundwinkel, als er ihre bloße Haut sah. «Na, na. Du folgst dem Beispiel der schönen Celeste. Sie benutzte immer ihren Körper, um die Männer auf genau die gleiche Art zu verhexen.»

Er schlug einen Streifen von ihrem Umhang zurück, und Aurora duckte sich unter seinem Blick, denn sie hatte keine Zeit zum Anziehen gehabt, weil sie Beau so eilig gefolgt war.

«Also, du siehst mir aus wie eine Frau, die bereit ist für etwas Spaß. Und soll ich dir was verraten? Ein feuchter, muffiger Keller ist einer meiner bevorzugten Schauplätze.» Er rückte näher heran, betatschte ihren bloßen Arm. «Niemand wird dich schreien hören, wenn es für deinen Geschmack ein wenig zu grob werden sollte.» Er bekräftigte seine Worte mit einem unangenehmen Lachen. «Dieses kleine Stelldichein hier werde ich besonders genießen.»

«Sie werden damit nicht ungeschoren davonkommen.»

«Ich sehe hier niemanden, der mich davon abhalten könnte. Du etwa?»

«Das hängt davon ab, wo du hinguckst.»

Aurora richtete sich angesichts des willkommenen Klangs von Graysons Stimme auf. Er schlenderte voll in ihr Blickfeld, einen Revolver fest in der rechten Hand, direkt auf Julians Herz gerichtet. Julian hatte Aurora immer noch gepackt, und, bevor sie wusste, wie ihr geschah, wirbelte er sie herum, so dass sie als Schutzschild vor ihm stand.

«Du wirst nicht auf mich schießen, Grayson. Nicht, solange die Möglichkeit besteht, dass du mich verfehlst und deine reizende Dame hier triffst.»

Graysons Stimme war ruhig. «Bist du okay, Aurora?»

«Mir geht's gut. Aber er hat Beau k.o. geschlagen.»

Grayson trat einen Schritt nach vorne.

Julian zog sich zurück und zerrte Aurora mit sich. «Geh weg von der Treppe, Grayson. Ich werde gehen und sie mitnehmen.»

«Und wohin, wenn ich bitten darf, möchtest du gehen? Ich habe Beweise, die dafür sorgen, dass du hinter Schloss und Riegel kommst und der Schlüssel für immer verschollen bleibt. Du hast Gelder meines Vaters veruntreut und ihn dann umgebracht.»

«Dein Vater war ein schwacher Mann.»

Aurora konnte an ihrem Nacken spüren, wie Julian scharf ein- und ausatmete. Seine Arme hatte er wie einen Schraubstock um ihre Taille gewunden und sie so an ihn gefesselt.

«Mein Vater war auf keinen Fall perfekt. Aber er war ein weitaus besserer Mann, als du es bist.»

«Du weißt nichts von den Eskapaden, die wir in unserer Jugend getrieben haben. Alles war perfekt, bis er sie traf. Celeste. Sie hat ihn verändert. Und danach war nichts mehr wie früher.»

«Die Liebe verändert die Menschen, Julian. Etwas, das dir nicht bekannt sein dürfte, da du selbst nicht fähig bist zu lieben.»

Ihr Leben hatte die Liebe auf jeden Fall verändert, dachte Aurora. Und das würde sie Grayson sagen, sollte sie jemals die Möglichkeit dazu bekommen.

«Lass Aurora frei. Ich werde dir einen Vorsprung gewähren.”

«Hältst du mich für verrückt? Ich werde das Gut nicht ohne sie als Trumpfkarte verlassen.» Als Julian anfing, sich auf die Treppe zuzubewegen, stemmte sich Aurora mit ihren Füßen gegen ihn und ließ ihren Körper schwer werden in seinem Griff. Vergeblich. Er zog sie mit sich, als wäre sie ein Bündel Lumpen.

Doch plötzlich stolperte er und drohte, zu Boden zu gehen.

Aurora nutzte aus, dass sein Griff sich lockerte, und sprang zur Seite.

«Jetzt, Grayson!», rief sie.

Ein Schuss löste sich. Sie spürte, wie die Kugel an ihr vorbeizischte. Sie hörte Julian vor Schmerzen schreien und sah ihn zurückwanken, die Hand auf dem Oberschenkel, blutbefleckt.

Als Aurora auf allen vieren in Sicherheit kroch, sah sie, dass Beau wieder bei Bewusstsein war und Julians Knöchel fest umklammert hielt.

«Gut gemacht, Beau», sagte Grayson.

Beau erhob sich schwankend auf die Füße, nahm ein Stück Seil, das in der Nähe lag, und näherte sich der Stelle, wo Julian lag und seine Schusswunde hielt, als ob er den Blutfluss stillen wollte. «Du wirst gefesselt, Julian. Das sollte doch ganz nach deinem Geschmack sein.»

«Ich brauche ärztliche Hilfe. Lass mich nicht hier, bis ich verblute. Du bist mein Sohn!»

«Das ist nichts, was ich jemals zugeben werde. Und ich gehe davon aus, dass du überlebst, um dem Richter vorgeführt zu werden.»

Grayson half Aurora auf die Beine. Sie streckte ihre Hände nach ihm aus, sie hatte ihm so viel zu erzählen.

«Du hast das Talent, dorthinein zu geraten, wo Engel sich fernhalten würden.»

Bei seinen Worten streckte sie sich durch und schlang ihre Arme schützend um sich selbst. «Da ich nicht die Absicht habe, mich zu ändern, spar dir bitte die Mühe, mir Vorträge zu halten.»

«Jetzt sei mal nicht so kratzbürstig zu mir.» Sein Arm umfasste ihre Schulter, angenehm besitzergreifend. «Ich würde dir nie Vorwürfe machen, meine Liebe. Denn ich bin fest davon überzeugt, dass unsere zukünftigen gemeinsamen Abenteuer alles andere als langweilig sein werden.»

Sie drehte sich zu ihm um. Hatte er «zukünftig» gesagt? Sie hatte allerdings nicht die Möglichkeit nachzufragen, da unmittelbar danach alles auf einmal zu geschehen schien. Randall tauchte mit einem lokalen Polizeibeamten auf, der das ganze Wochenende vor Ort gewesen war. Nachdem man sich vergewissert hatte, dass es Beau gutging und Julian abtransportiert worden war, verfrachtete Grayson Aurora nach oben in sein Bett, wo sie in einen tiefen, langen Schlaf fiel.

Die Sonne stand schon hoch am Himmel, als sie am nächsten Morgen allein erwachte. Sie fand Grayson auf der Veranda, in Reisekleidung.

«Fährst du irgendwohin?»

«Nur wenn es dir gefällt.» Verwirrt folgte sie seinem Blick. Ein winziger Fleck am Himmel kam nach und nach immer näher, und sie erkannte, dass es ein Heißluftballon war.

Sie sah Grayson schief an, der so lächelte, wie sie ihn noch nie hatte lächeln sehen.

«Hör mich zu Ende an, bevor du ein Wort sagst. Ich habe dir gestern gesagt, dass ich nicht die Absicht hätte, dir das Theater zu verkaufen. Das stimmte auch. Was ich allerdings zu erwähnen vergaß, ist, dass ich gerade dabei war, die Hypothek abzulösen und den Besitz als Verlobungsgeschenk auf deinen Namen zu überschreiben. Vorausgesetzt, du willigst ein, meine Frau zu werden.»

Er küsste sie flüchtig, beinahe zögerlich. «Falls du mich

nicht heiraten möchtest, werde ich andere Mittel und Wege finden müssen, um das Theater in deine Hände zu übergeben. Aber so schien es mir bei weitem am einfachsten.»

«Ein Verlobungsgeschenk? Womit ich tun und lassen kann, was ich will?»

«Was auch immer dein Herz begehrt.»

«Mein Herz begehrt dich mehr als alles andere.»

Er lächelte. «Gott sei Dank. Gerade hatte ich schon vor, mich dir zum Ärgernis zu machen und dir durch das ganze Land hinterherzureisen, um dich von der Tiefe meiner Liebe zu überzeugen.»

Sie tat so, als ob sie über seine Worte nachdachte. «Das klingt nach Spaß. Wann geht es los?»

Er zeigte auf den Platz vor ihnen, wo der Ballon gerade auf dem englischen Rasen landete. «Wie wäre es mit jetzt gleich?»

«Meinst du das im Ernst?»

«Ich habe das Gefühl, ich sollte mir ein Beispiel nehmen an einer Frau, die ich kenne, eine, die von sich selbst behauptet, eine große Abenteurerin zu sein. Das hier wird der Beginn eines ganz neuen Abenteuers – unseres gemeinsamen Lebens.»

Auroras Blut stürmte voller Vorfreude durch ihre Adern. Dennoch tat sie so, als überlege sie sich sein Angebot. «Wo fliegen wir hin?»

«Wo immer der Wind uns hinträgt.»

Die perfekte Antwort! Aurora schmiegte sich an ihn, überwältigt davon, wie gut und richtig es sich anfühlte, dass er jetzt für immer an ihrer Seite wäre. «Ich muss zugeben, ich habe Sehnsucht danach, dass wir uns in einem Heißluftballon lieben.»

«In dem Fall wird einer von uns lernen müssen, das Ding zu fahren, damit wir etwas Privatsphäre haben.»

«Warum nicht wir beide?»

«Warum eigentlich nicht?» Er küsste sie lange und intensiv, besiegelte damit ihren Vertrag.

Als sie losflogen, standen Beau, Randall und Celeste auf dem Rasen und winkten auf Wiedersehen. Nachdem sie zugesehen hatte, wie sie auf die Entfernung kleiner und kleiner geworden waren, drehte Aurora sich um und lächelte hoch zu Grayson, sicher in seiner Umarmung. «Ist das Leben nicht wirklich ein großes Abenteuer?»

Zustimmend hielt er sie noch fester in seinen Armen. «Ich habe das Gefühl, dass unsere gemeinsamen Abenteuer gerade erst begonnen haben.»